曹阿娣 著

活出真实
漂亮的自己

中国纺织出版社有限公司

内 容 提 要

"父母之爱子，则为之计深远。"父母总想为孩子规划出一条康庄大道，在成长的道路上为他扫清障碍，但是，孩子不是父母的影子，没有理由为父母的梦想买单。董振森从小崇拜自己的偶像爸爸，爸爸也一味地为董振森规划学习、生活，但父子俩很少沟通，爸爸并不了解儿子的喜好和特长，强制给他转学，最后导致他离家出走。经过何记者的调解，父子俩共同努力，增强了沟通，渐渐解开了心结，董振森成长为更加自立、更加自信，能为自己未来负责的好少年。

图书在版编目（CIP）数据

活出真实漂亮的自己 / 曹阿娣著 .-- 北京：中国纺织出版社有限公司，2020.10

（心中的萤火虫：青少年心理治愈丛书）

ISBN 978-7-5180-7887-5

Ⅰ.①活… Ⅱ.①曹… Ⅲ.①故事—作品集—中国—当代 Ⅳ.① I247.81

中国版本图书馆 CIP 数据核字（2020）第 176802 号

策划编辑：李满意 胡 明 责任编辑：张 强
责任校对：王花妮 责任印制：王艳丽

中国纺织出版社有限公司出版发行
地址：北京市朝阳区百子湾东里 A407 号楼 邮政编码：100124
销售电话：010—67004377 传真：010—87155801
http://www.c-textilep.com
中国纺织出版社天猫旗舰店
官方微博 http://weibo.com/2119887771
天津千鹤文化传播有限公司印刷 各地新华书店经销
2020 年 10 月第 1 版第 1 次印刷
开本：880×1230 1/32 印张：5.625
字数：83 千字 定价：30.00 元

凡购本书，如有缺页、倒页、脱页，由本社图书营销中心调换

目录

Contents

引子　/001

1　爸爸是我的偶像　/005

2　爸爸妈妈的期望　/019

3　他在追求完美　/035

4　参加英语竞赛　/061

5　莫名其妙的是非　/079

6　我坚决要求转学　/101

7　离家出走　/124

8　让他自己做主　/139

9　学会沟通　/159

10　尾声　/172

引 子

朦胧之中,董振森又回到了宏伟中学。

天灰蒙蒙的,好像空气中弥漫着烟雾。

放学了,大部分学生涌向大门口回家去,一部分学生在体育场上活动,有的打篮球,有的打羽毛球,一部分学生还滞留在教室里做作业。

董振森心中郁闷,信马由缰来到了操场的东边角落,不知自己要干什么,也不知道自己为什么到这里来。

突然一个叫戴晏雄的学生从天空降落下来一样,堵在董振森的面前,他双手在胸前交叉,双脚分开站立,脸上带着傲慢的冷笑,嘴唇向一边歪斜上吊。

董振森胆怯畏惧,声音颤抖着问他:"你要干什么?"

戴晏雄蛮横地说:"不干什么,我们要喝酒。"

董振森想：喝酒就喝酒，只要不找我打架。

他们很快就来到了酒吧，桌子上放了三扎啤酒，董振森站在旁边，看着他们喝。这时候，好像戴晏雄他们的人越来越多，密密麻麻一大片，龚震江也来了，还有他们班上的几个同学。董振森忙去掏口袋，担心身上没有这么多现钱付账。

这些人正喝得高兴的时候，突然有一个人把一瓶啤酒砸在桌子上，啤酒瓶砸碎了，碎玻璃和啤酒四溅，人们还没来得及弄清是怎么回事，一群少年手持刀具，向董振森他们这伙人砍来。正在喝酒的客人们纷纷逃离现场，大厅里只剩下敌对双方。

突然，董振森发现自己身边多了两个人，一个是李佑儒，一个是黄晶。李佑儒手握一把水果刀，摩拳擦掌，准备应战。黄晶战战兢兢，一步一步往后退，时刻想逃。

只见戴晏雄手一挥，他的同伙马上响应，一场恶战打响。

戴晏雄不和别人打，他要找的就是董振森。

董振森见戴晏雄总是为难自己，不放过自己，十分愤怒。不知什么时候他的手里也攥着一把水果刀，他很紧张，握刀的手在发抖。

引 子

他还在犹豫要不要和他们打的时候，戴晏雄的刀子已经逼到他的面孔前面来了。董振森身不由己，他如果不反抗，就会有被戴晏雄刺伤的危险。他想叫李佑儒帮他，可声音卡在嗓子眼里出不来，他正着急，又发现李佑儒和黄晶已经不见人影了，他只好孤身奋起抵抗。

戴晏雄操起吧台上的不锈钢架子，扫向董振森的脚，董振森被扫倒在地上。戴晏雄反过身来，一只脚踩在董振森的肚子上。

刹那间，董振森想起上次戴晏雄踩在自己胸口上的那一脚，旧仇新恨一齐涌上心头，他一个鲤鱼打挺，拼命翻身爬了起来，和他们对打起来。

董振森也不知道自己怎么那样有力，好像还会武功，一连打倒了几个人，最后，他把身材高大的戴晏雄也打倒在地，连续刺了几刀，直到戴晏雄倒在血泊中，他才深深地吐了一口气，丢下手中染血的刀。

这时，董振森听到旁边人群中有同学说："这个董振森曾经是三好学生，德育示范生，他的相片张贴在学校大门口的宣传窗里。"

一个家长说："我还常用他做榜样教育自己孩子。"

还有一个家长说："他真的特别优秀，品学兼优。"

也有人发出质疑:"这是为什么呀?一个三好学生,怎么变成了杀人犯?"

董振森的面前出现了几个警察,他们掏出闪着寒光的手铐,不由分说把董振森铐了起来。

董振森急了,这才想到自己犯罪了,他拼命挣扎,用尽全身力气叫喊:"爸爸,妈妈,快来救我!"

……

董振森猛地坐了起来,大汗淋漓,手脚颤抖,心脏在狂跳,半天才醒过来,搞清楚刚才那只是一个噩梦。自己现在离家出走,睡在影视城里的影视厅里。

董振森这时想:坚决不去宏伟中学了。不然的话,刚才的梦有可能变成现实,人被逼到没有办法时,什么都干得出来。

爸爸是我的偶像

洞庭中学放学了,学生们纷纷从教室里出来,向校门口涌去。

校门外,不少家长在翘首张望。有的推着自行车,有的骑着摩托车,有的开着小汽车,他们是来接孩子的。

这时,一个十二三岁的漂亮男孩从校门口出来,径直走向停在校门口的奥迪汽车。男孩打开车门钻进车子,汽车一溜烟开走了。

这个男孩子叫董振森,开车的男子是他的爸爸董兴国。

董兴国是这个城市的知名人物,纳税大户,每年纳税总额超过八位数,家喻户晓。

四十几岁的男人,风华正茂,处于人生的黄金时代。

多年前的董兴国是个无名小卒,大学毕业后,在一个亲戚的小饲料公司打工。亲戚信得过他,安排他管理财务。做会计工作每天要接触饲料公司的来往账目、成本核算。精明的董兴国不久就发现,这个亲戚的公司管理得并不好,漏洞百出,但它仍然只赚不亏,原因是农村养殖业是国家的重点发展扶植项目,市场饲料需求量非常大,产品不愁销路。有销路就有利润。按农村的发展趋势,饲料的需求量会更大,生意会更好做。

于是,董兴国推心置腹地告诉公司老板,公司目前管理很乱,并且产品单一,只生产猪饲料,不能满足客户需求;市场竞争优胜劣汰,他们有被淘汰出市场的可能。董兴国提出要与这个亲戚合伙经营公司,规范经营、扩大经营范围。

这个亲戚认为董兴国还是个刚走出校门的大学生,乳臭未干,根本不懂经营,还大言不惭要和自己合伙,真是不知天高地厚,就不客气地拒绝了董兴国的要求。

董兴国天天上网,信息灵通,看准了方向。他又在公司搞了两年管理,熟悉了生产流程,估计自己有能力开办一个饲料公司。于是,他辞职回来,准备自己干。

自己干的第一个大问题就是没有资金。董兴国做父母的思想工作,把自己住的房子卖了,又找姐姐借了一点钱,但还远远不够。正当他东凑西凑，碰得头破血流时，国家鼓励大学生自主创业，他因此申请到了一笔贷款，这真是及时雨。不久，董兴国的"农家乐饲料公司"正式挂牌成立。

董兴国知道农民务实，要让农民买你的产品，光是广告做得好不行，产品质量一定要好。农民认为你的饲料猪吃了长个，能缩短存栏时间，节约成本，才会买你的产品。

要做到这一点，关键在饲料的配方上。于是董兴国回学校找自己的老师帮忙。他的老师帮他从农业大学一位教授那儿搞到了配方，这是农大当时的最新科研成果。当然，这个配方的价钱让很多人望而却步。

董兴国有眼光，有担当，他说："科技就是生产力，这个新成果值这么多钱。它将使很多养殖户受益，这些养殖户赚了钱，就会认可我们的产品，继续买我们的产品，我们的利润也会增加。那时，我们的产品会供不应求。"

董兴国说的不是空话，几年后，他给员工描绘的蓝图变成了现实。

现在的农家乐饲料公司已经是上市公司，它有几万平方米的厂房，在全国有几十家分公司。

随着这些成就纷至沓来的是名誉，董兴国现在是全国劳动模范，优秀企业家。

董振森出生时，董兴国的公司才成立两年。董振森在一天天长大，公司也在一天天发展壮大。可以说董振森是伴随着公司的发展长大的，他从爸爸身上的变化可以看到公司的变化。

董振森几岁的时候，公司规模不大，没有宿舍，他们一家三口和一些员工都住在公司里。董兴国虽说是总经理，公司有事，他身先士卒，走在员工的前面。那天，拉玉米的车子傍晚才回来，这时天要下雨，员工已经下了班，一时找不到装卸工人。董兴国亲自出马带着几个住在公司的员工，把玉米一袋一袋从车上卸下来，背到仓库里去。50公斤一包的玉米压得他脚打跪，卸完车，他像从水里捞出来的一样，汗水湿透了他的衣服。

董振森的妈妈苏霞心痛得直嚷嚷："你不要命啦！不会去找几个装卸工？你看哪个老板像你这样傻干！"

他对妻子解释说："等你找来了装卸工，已经下雨了，打湿了的原料会发霉变质，影响产品质量。质量第一，你明白吗？"

苏霞一下就不吭声了。

董振森虽然小，他经常看到爸爸汗流浃背地在车间和

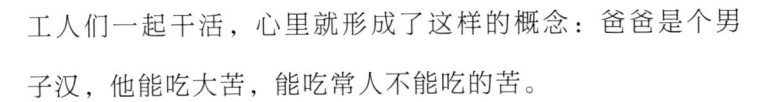

工人们一起干活，心里就形成了这样的概念：爸爸是个男子汉，他能吃大苦，能吃常人不能吃的苦。

董振森十来岁时，市场上生猪供大于求，生猪的价格几乎是直线下降。养殖户纷纷把栏里的猪卖掉，争取少亏一点。

饲料没有销路。仓库里的成品堆积如山，产品销不出去，资金收不回来，周转不开，职工工资发不出去。

苏霞劝董兴国把工人解散，减轻负担。

董兴国考虑猪肉价格下滑是市场自动调节，是短时间的，当猪肉供不应求时，价格就会反弹。

几十个职工，一个月要开几万块钱工资，上哪儿借去？董兴国打算卖掉自己的住房来发工资。

苏霞不同意，不管董兴国怎样做她的工作，她就是过不了这一关。只见董兴国站起来，手在桌子上拍了一下，斩钉截铁地说："这房子你同意要卖，不同意也要卖，就是离婚也要卖。"说完就走了。

在董振森看来，爸爸这时的形象非常高大，语气果断，不容置疑，像个决战前的将军。董振森心目中爸爸非常有魄力，是个响当当的男子汉。

搬家的那天，妈妈舍不得新房子，哭了，赌气一直没有做饭。是爸爸叫来了外卖，一家人勉强吃了一点。以后的日子，只要爸爸一回家，妈妈就唠叨，摔东西，发脾气。

而爸爸没事人一个，稳坐钓鱼台，静静地等市场好转。他根本就不把妈妈的吵闹当回事，不搭理她。

几个月后，市场回暖需求猛增。由于前段养殖户只卖不买，存栏猪少，导致猪肉紧缺，价格上扬。养殖户纷纷买猪存栏，饲料需求量大增。董兴国的公司生意一下红火起来，销售量成倍增长。不到一年，董兴国又买了房子，还给自己买了一台旧车子。

什么也不懂的董振森只知道这次爸爸做得对。如果把工人解散了，公司就没有今天这样昌盛。他由衷地佩服爸爸有远见。

董振森非常佩服爸爸，他告诉别人，他将来要做个像爸爸一样能吃苦、有魄力、有远见的男子汉。

一次，来了一个推销商，是董兴国的同学，见了董兴国特别热情。他送给董兴国一台手提电脑。他向董兴国推销一种添加剂。说如果在猪饲料里加上这种添加剂，猪生长的速度将会快一倍。原来要饲养四个月才能出栏的猪，只要养两个月就可以出栏。

董兴国答应这个同学考虑考虑再说，让他过几天再来听消息。

那几天,董兴国得空就上网查资料,打电话到农业大学向教授请教。过了几天,这个同学来听答复了。董兴国明确地告诉他,这种添加剂猪吃了是会长得快,但吃这种饲料长大的猪,它的肉没有肉味,而且对人体有伤害。他不会在自己的产品里放这种添加剂。

这个同学说:"你真傻,你是卖饲料的,猪肉不好吃关你什么事?再说,猪长得快,养殖户高兴,你的饲料只会卖得更好。"

董兴国说:"不是我傻,是你们只图短期效应。其实,养殖户的利益就是我们的利益。等到大家知道喂了这种饲料的猪肉不好吃,不买这种猪肉的时候,养殖户就会亏本。那时候,谁还会要我们的产品?"

事实证明董兴国这次又做对了,有家企业用了这个人的添加剂,猪吃了这种饲料疯长。不久,工商部门查封了这家企业,因为,这种猪肉人吃了有损健康。

这件事又让董兴国在儿子心里加了分,董振森更加崇拜爸爸了,对爸爸说的话奉为圣旨,从不违背。

农家乐饲料产品质量过硬,这么多年从未出现过问题,销售量一直稳步上升。后来,有两家经营不善的小企业濒临破产，他曾经工作过的亲戚的公司也即将破产，董兴国把它们收购进来，作为他的分公司。这样一来，他的企业成了当地最大的企业，他成了纳税大户。

董振森在心里为自己有这样优秀的爸爸自豪，骄傲。

董兴国工作很忙，从早上起床，到晚上睡觉前，不停地工作，有时座机手机同时响，让他应接不暇。家里找他吃饭，电话打不进去，老是占线。他一天很少有时间待在家里，只要肚子不饿，不要睡觉，他是不会回来的。董振森的妈妈对此常有怨言，说这个家成了董兴国的旅馆。

董振森毫不犹豫地站在爸爸一边，用责备的口吻说："他没回来，说明他忙。他忙说明他们公司业务好。这是好事。你怎么眼光那么短浅，只看到鼻子尖上的一点事？"他俨然是爸爸的死党。

苏霞常常埋怨说，自己在董兴国的心目中没有地位。董兴国第一看重的是他的事业，第二看重的是他的儿子。

这话不假，只要是董振森的事，在董兴国眼里都是大事。他的理由是：儿子是自己的未来，自己的希望，祖国的花朵。

董兴国常常对苏霞说，爱董振森不在小事上，要抓大事。董兴国认为董振森的大事是学习。没有文凭，你就找不到好工作。人人都想上大学，别看全国那么多大学，大学不是谁想上就能上的，成绩没有上录取线的，对不起，大学就会对你关上门。

董兴国经常琢磨：自己怎么做才能使董振森成绩优异，上个好大学呢？

他和苏霞说："现在的孩子生下来都健康，智力不相上下。因为他们个个不缺营养，要吃什么有什么，该吃什么补什么，我没有看见哪个孩子长得不好。之所以上学后，学习成绩有优劣之分，主要是他们的毅力、定力、耐心有区别。有的孩子上课能安心听讲，把老师教给他的知识吸收了，回家后能静心完成作业，巩固已学的知识，成绩当然好。有的孩子上课不专心听讲，做小动作，对老师传授的知识一知半解，回家做作业又三心二意，成绩当然落后。我们今后一定要培养董振森的毅力、定力、耐心。要从小事抓起。让他有一个这样的概念：事情不做则罢，一做就要做得比别人好。"

董振森读一年级时，一天放学回家对妈妈说："妈妈，我们今天考了数学，我全做对了，肯定得100分。"

苏霞高兴地说："我的儿子真聪明。"

旁边的董兴国说话了："试卷发下来了吗？"

"没有。要明天才会发。"

"那你怎么知道你能得100分？"董兴国放下正在看的报纸，认真地问。

"我全做对了呀！"董振森信心十足，满不在乎地说。

"你那是估计，估计的事不会有百分之百的把握。不是完全有把握的事，不要拿出来说。"董兴国一字一顿地说。

一年级的董振森听不懂爸爸的话，看见爸爸一脸严肃，就低下了头。

董兴国知道董振森没有接受这个观点。

第二天，董兴国主动向董振森索要试卷。

结果，董振森因为粗心把一道15减9的题给做错了。应该等于6，董振森写成了8。

董兴国把试卷摊在桌子上，对董振森说："你昨天说你能得100分，现在怎么只有90分？没拿到试卷前，不要先夸口，到妈妈那儿去讨表扬。下次，一定要拿到试卷后再说。"

董振森不服气，想找爸爸的错误。他发现爸爸话少，从不乱说话，说出来的话严丝合缝，让你挑不出毛病。于是，他也模仿爸爸，平时能不说的话就不说，说出来的话，就要没有漏洞。

读四年级的时候，有次董振森数学考试得了100分，他摸着书包里的考卷，心想：要是爸爸在家，我就要爸爸在试卷上签名，让爸爸知道我也很优秀。

董振森推开门，一眼看见沙发上的黑色公文包，就知道爸爸在家，忍不住笑了。当爸爸从卧室走出来时，董振森双手捧着试卷，请爸爸签字。爸爸接过试卷，坐在沙发上，看了卷首的分数，仔细地检查起来。他难得有这样的清闲。

看到最后一道应用题时，爸爸抬起头问董振森："还有一种做法，比这种做法更简便，你知道吗？"

董振森一下回答不上来，停了一会儿，他说："老师没有教。"

爸爸没有马上说话，又看了看董振森的数学书，说："不是老师没有教，是你没有想到。我做给你看。"

董振森想不到爸爸这样认真，反驳说："只要答案对，过程对，老师就给满分，他没有要求用最简便的方法。"

爸爸说："做学问和做人一样，有多种做法时，你要选择最好的一种。动笔之前，你就要考虑周到，你这种做法是不是最好的，不能马虎行事。我要是老师，我就不给你满分，因为你这不是最好的方法。"

董振森本想从爸爸这儿得到表扬，没想到受了爸爸的一顿教训，有点气馁，低下了头，刚才的高兴劲跑得无影无踪。

董兴国没有考虑到，要多给孩子鼓励，这样才有利于孩子自信心的培养。

终于又考试了，董振森数学又得了100分。放学时，他特地留下来，请数学老师看他的试卷，问老师："我的做法是最好的吗？"得到老师的肯定后，他才笑着回家。

这天，爸爸到十一点钟还没有回来。妈妈催董振森去睡觉，他不肯，他一定要见到爸爸，让爸爸知道，他这次数学考试用的都是最佳解题方法。

直到十二点钟，董兴国才疲惫不堪地回来了。他发现董振森还没睡，问董振森："你等我有什么事吗？"

董振森拿出试卷，轻轻地对爸爸说："我保证，每道题都是最简便的做法。"

爸爸没有接试卷，说："我相信你，这点你像我，是我的儿子。"说完，在董振森的肩膀上拍了拍，洗澡去了。

爸爸的话让董振森非常高兴，他挺了挺胸脯，踩着轻快的脚步进了自己的房间。他暗暗下决心：决不让爸爸失望，要做个像爸爸一样优秀的人。

董振森把爸爸当偶像，自觉不自觉地模仿爸爸，学爸爸说话的口气，学爸爸的动作。像爸爸一样平时尽量少说话，说话的口气就像在教训别人。学爸爸办事的风格，事先把一切都安排好，到时候得心应手。董振森认为，这个世界上他的爸爸最优秀，最伟大，最有成就。他最喜欢听的一句话就是：董振森这孩子像他爸爸董兴国，将来一定有出息。

心理医生说：

董振森生活在一个比较富裕的家庭。父母对他关爱有加，进行的教育也都是正面的、积极的。他的生活很幸福，对他的性格形成很有利。所以，他的性格中优秀的一面占绝大部分。他懂事，热爱生活，有责任心，学习成绩也很好。

他从小就崇拜自己的爸爸董兴国，他特别欣赏董兴国办事果断、有魄力、有见识的那一面。他以爸爸为榜样，事事模仿爸爸。就连爸爸不爱说话，他也模仿。

每一位家长都望子成龙，望女成凤，都希望自己的孩子成为国家的栋梁，因此会对孩子寄予很高的期望，平时对他的要求过于苛刻，恨不得他次次考第一名，事事做得尽善尽美。

董兴国自己是个成功人士，他希望自己的儿子董振森比自己更优秀。从小刻意去培养他，让他树立远大理想，磨砺他的意志，对他要求严格，这些都没错。但是董兴国没有想到，他对孩子的期望太高，这对董振森是一种压力。当董振森取得一点成绩时，他希望得到爸爸的肯定、爸爸的夸奖，董兴国却拔高标准，对他求全责备，这对他的性格形成有负面影响。

爸爸妈妈的期望

董振森的妈妈苏霞也是大学生。她不是本地人。她和董兴国是大学的同班同学。在大学里，她爱上了当班长的董兴国。毕业后，她考上了自己家乡的公务员，在政府机关工作。

董兴国准备自己办企业的时候，让苏霞辞职过来帮他。苏霞的父亲不同意女儿辞职，也不同意她过去帮董兴国。他们认为，好不容易把女儿培养上了大学，考入政府部门工作，有一份旱涝保收的工资，一辈子什么都不用怕了，现在把好端端的工作辞了，去干个体企业，自己挣钱来发自己的工资，真是疯了。他非常生气，把苏霞骂了一顿。

没有办法，董兴国只得亲自去苏霞家说服未来的岳父。

苏霞的爸爸见到董兴国，气已经消了三分。董兴国确实才能出众，百里挑一，人见人爱。凭着董兴国不俗的谈吐，苏霞的爸爸又考证了董兴国的创业蓝图，终于认可了董兴国，答应把女儿嫁给他，但是不同意苏霞辞职。

爱情的力量大过天。一天早上，苏霞趁父母还没起床，偷偷和爱人跑了。等父母发现时，他们已经在火车上了。

苏霞过来后，就在董兴国的公司当会计。一来这是个重要岗位，自己人干更放心。二来，苏霞学的专业也比较对口。

一年后，他们有了一个又白又胖又漂亮、声音像百灵鸟一样好听的儿子。他们如获至宝，奉若明珠。在给儿子取名字时，他们每个人选了一个自己崇拜的中国科学家，从这个科学家的名字里取一个字来组成儿子的名字。

董兴国佩服杨振宁，取了一个"振"字。苏霞崇拜钱学森，取了一个"森"字，所以他们的儿子叫董振森。

董兴国非常喜欢董振森，爱董振森胜过爱自己。董兴国的父母愿意帮忙带孩子，但母亲有高血压，董兴国怕累坏了老人，更怕带不好儿子。岳父岳母也愿意带，但离得太远，自己不能随时随地看见孩子。放在哪儿带董兴国都不满意，就让妻子做全职太太，在家专门带儿子。

开始，苏霞不同意，但又没有别的办法，为了儿子，

爸爸妈妈的期望

她只好做出牺牲，妥协投降。但是她说，等董振森上学了，她还是要出去上班，不能窝在家里，不然，几年大学白读了。

董兴国的公司上规模之后，他根本就不管家里的事。家里的柴米油盐，洗衣做饭，打扫卫生，确实也要人干。于是，她安心在家相夫教子。

董兴国的性格武断，苏霞做了全职太太之后，他不让她过问公司的事，她想插手也插不进去。于是她的精力全部放在董振森父子生活上。董兴国好对付，一天三顿吃什么都行，苏霞做什么他吃什么，是咸是淡从不发表意见，他只有一个要求，不耽误他的时间。

苏霞整天围着董振森转，一颗心全在儿子身上。冬天怕冻着了他，夏天怕热坏了他。硬东西怕咬坏了他的牙齿，软东西怕噎了他。他不睡，怕他疲倦；他睡多了，怕他虚弱。他吃少了，怕他营养不够；吃多了，怕他不消化。

她像儿子的贴身保镖，随时都在儿子身边，只要儿子有困难，她马上出现，帮他解围。

董振森小时候好伺候，大了名堂多起来了。一天早上，苏霞本来准备吃面条，前一天晚上就炖好了骨头汤，董振森还没起床她就煎好了鸡蛋，葱花香菜一应俱全，只等董振森起床面就下锅。

可是,董振森前一天晚上睡得晚,早上起不来,起来一看表,时间不够用,于是要妈妈准备汉堡和牛奶在路上吃,开车送他去学校。

苏霞手忙脚乱,从冰箱里抓了一个汉堡,把煎鸡蛋夹在里面,又下去发动汽车。

送完董振森,苏霞才回来吃饭。

吃了饭,她就上超市去买菜。买菜时,心里想的是董振森。董振森爱吃的就买,董振森不爱吃的,她问都不问。至于丈夫爱吃什么她从来不考虑。

从超市回来,她就搞卫生。从董振森的房间搞起。先帮他叠被子,把他浴室里的漱口杯、牙刷放好,把毛巾晾好,把前一天晚上他换下的脏衣服放到洗衣机里洗了,把书桌上乱七八糟的东西整理归置,把地扫干净,用拖把拖一遍。

董振森真的什么事也不干,洗完脸的毛巾都丢在洗脸盆里。他长这么大,没有扫过一次地,没有倒过一次垃圾,更别说洗衣洗菜。饭来张口,吃完饭,碗一推,就走了。衣来伸手,脏衣服往旁边一丢。每次洗澡前,苏霞都帮他把衣服准备好,放在浴室里。如果他想泡澡,苏霞会帮他

爸爸妈妈的期望

把澡盆里放满水温适度的热水，他只负责洗。

那董振森做什么事呢？他的事就是学习。学习是他的主要任务，他不是自己需要学习，而是在帮爸爸妈妈学习。

董兴国曾经说过："希望董振森长大超过我。"这句话给了董振森压力，注定了他负担过重的童年。

董振森从小有看不完的书，做不完的作业，为了成为像爸爸一样的人，他不羡慕在外面草地上玩耍的小伙伴，为了考上爸爸妈妈希望他考上的北大，他天天待在家里压迫自己学习。

苏霞一直有块心病，就是自己和丈夫都只有一张大学文凭。现在的大学文凭含金量不高，走在街上，十个人里七八个人有大学文凭，不算什么事。

苏霞读大学时，班上有一个很优秀的男同学追求她。但苏霞对这个男同学没有感觉，她爱上了英俊的董兴国。

这个男同学读完大学之后，考上了研究生。拿到硕士学位之后，他又考上了博士。读完博士，又到国外读了博士后。现在在一所大学当教授。

一次，他携带妻子回乡探亲，和苏霞在路上相遇。他说苏霞这么多年都没有变，还是那样漂亮，风采依旧。然后，很自然地向苏霞介绍他的妻子，某大学张教授。

苏霞嘴上没说，心里觉得他变了，变得那样有气质，有教养。说话时，有一种学者气派，和办企业的董兴国比起来，高下立判。

苏霞很不服气，耿耿于怀。心里说：神气什么呀，不就是多读了几年书吗。当年董兴国家里要是有钱，支持他考研，一定也能考上。自己这辈子要实现读博士的理想是没希望了，除非下辈子。但她有儿子呀，她可以让董振森帮她实现这个理想。

在苏霞的心中，董振森就是她的精神寄托，是她实现理想的替身。万丈高楼平地起，要想儿子读博，就要从小学起打好基础。董振森读小学，她就开始辅导他，督促他。

董振森读一年级，开始学拼音。苏霞小时候拼音学得不好，她就买来一年级的课本和拼音磁带，自己先学，然后再辅导儿子。

董振森稍微大一点，学的知识多起来。按说一个大学生辅导一个小学生，是小菜一碟。但这中间还有一个教学方法的问题。

苏霞专门到老师家去请教如何才能辅导好自己的孩子。老师被她感动，给了联系电话，让她有问题随时咨询。

为了让自己教儿子的方法和老师同步，苏霞又买来教爸爸妈妈的期望

学参考书，一边学习一边实践。

不过，儿子、老师、自己三者之间还是会出现一些矛盾。

那次，苏霞帮助儿子预习课文。这篇课文中有一个生词：液体。苏霞凭经验认为自己认识"液"字，记得小时候老师曾教她读 yì，还重点交代不能读成 yè。这么多年她一直读 yì，于是就教董振森读 yì。

第二天，儿子回来发脾气，说妈妈教错了，老师说只能读 yè，不能读 yì。苏霞大吃一惊，连忙翻字典，果然，应该读 yè。苏霞马上向儿子承认错误，说自己教错了。从此，凡是书上的生字生词，苏霞一定先翻字典，再教儿子。

苏霞在学习上对董振森抓得很紧，只要他一到家，她首先就盘问他。今天是不是考试了，语文课教了些什么，数学课教了一些什么，你是不是都听懂了。然后就陪他做作业。

老师要管几十个学生，苏霞只管董振森一个人，有的是精力。如果做错了，苏霞就会把这方面的知识再教一遍，让董振森重做。

董振森是孩子，懒惰是本性，当然害怕重做，每次做作业时，他像对待考试一样认真，免得重做。这样，董振森从小养成做作业认真不马虎的好习惯。

苏霞没有想到董振森是孩子,没想到孩子有爱玩的天性。把他应该娱乐的时间都占用了,他会不乐意。要是别的孩子,早就提出抗议了。董振森这孩子性格比较内向,不大爱说话。他知道,按妈妈的话做,妈妈会高兴,会奖励自己,比如说让他看一会儿动画片,给他一杯冰激凌。不按妈妈的话做,妈妈会不高兴,还会跟爸爸告状,冰激凌也没有。董振森不愿意妈妈不高兴,所以经常压抑自己的想法,逆来顺受,委曲求全。

在苏霞辅导下,董振森不费什么力气,成绩一直在班上名列前茅,几乎次次考试是前几名。董振森小学六年,年年是三好学生。这让苏霞很有成就感,让她觉得自己正朝理想一步一步迈进。

董振森拿到中学入学通知书的那天,董兴国特地休息了一天,陪他们母子出去玩。

那天,他们到了董振森早就想去的游乐场,董振森坐了很多同学早已经玩过的过山车,车子从高处滑下来时那种惊心动魄的感觉让他过了一把瘾。玩累了,他们到餐厅吃饭。

饭桌上,董兴国问他们想去哪个远一点的地方玩,儿

爸爸妈妈的期望

了说要去海南岛,妻子说要去北京。

董兴国问儿子为什么要去海南岛,儿子说:"我还没有看见过大海,我想到海里游泳,戴上潜水镜,穿上潜水衣,沉到海底,看看海底是什么样子,海里有些什么样的鱼。我们班上有几个同学去了,回来都说好玩。"

董兴国问苏霞为什么要去北京。苏霞说,其实上哪儿玩都是一样。我要去北京是想带振森到北京大学去看看。那儿是我国的最高学府,是藏龙卧虎的地方。从那里走出来的人,是国家的栋梁。我想让振森感受一下那里的气氛,从小立志,将来考到那里去读书。

苏霞的想法得到了丈夫的大力支持,他一反常态,表现出少有的兴奋。他准备放下工作,陪他们去北京。

本来,一听不去海南岛,董振森有点不高兴。但爸爸说陪他们去北京,他又高兴起来。一年中,他和爸爸待在一起的时间太少了,能和爸爸妈妈一起去北京,他也非常高兴。

董兴国安排好公司的事务,马上买飞机票陪爱人和孩子去了北京。董兴国首先带他们母子去参观了鸟巢,在举办了奥运会的体育馆里到处看看,又去了水立方和国家大剧院。

最后，他们来到了北京大学。

北京大学的校门还是原来的老式校门，古香古色。宝蓝色的底子上用金字写着"北京大学"几个字，苏霞告诉董振森，这几个字是毛泽东主席写的。

因为是暑假，学校没有上课。各地到这儿参观的人不少，大多数是家长带着孩子。校门两边的保卫人员只负责维持秩序，并不阻拦进进出出参观的人。

一踏进校门，苏霞就感叹道："这真是一块圣地啊。"脸上现出敬重的神情。

妈妈的表情让董振森觉得新鲜，他回头看了看爸爸。平日里对什么都满不在乎的董兴国，也不说不笑，像是在寻找什么。

妈妈见董振森一脸的好奇，就告诉他："这所大学已经有一百多年历史。中国好多优秀的学者都是从这里走出去的。"

说话间，他们来到了未名湖旁。只见微风轻拂，湖水荡漾，湖面出现一圈一圈的涟漪。湖对面的宝塔特别清晰。他们三个人坐在湖边大柳树下的长椅子上。

爸爸说："这儿是一个读书的好地方。我小时候做梦都想到这儿来读书。"

爸爸妈妈的期望

十二岁的董振森已经知道到北京大学读书要考很高的分数。他见爸爸这么遗憾，忍不住说："你那时为什么不努力呢？"

"我努力了的，但我没有考上，还差十多分。有些事和你说不清楚。我们那时哪能和你们现在一样，一心一意读书，衣来伸手，饭来张口？我每天放学后要帮奶奶做好多家务事，好让奶奶去做田里的活。有时，晚上我还要和奶奶一起去种菜。不过，也还是我自己的问题，有比我们家更困难的同学考上了北京大学。"

"也不能怪你，后来大学毕业，你完全有能力考北京大学的研究生。但你要出来工作挣钱，你父亲老了，一家人生活要靠你了。"苏霞见董兴国这样自责，连忙安慰他。

"好了，不说我们。还是说北京大学吧。我们到北京来就是来看它的。"爸爸把话题扯开，"这儿现在是国家培养高素质人才、创造性人才的摇篮，每年要出好多科研成果。"

"我将来要是能到这儿来读书就好！"董振森在父母的介绍下，也对这所大学肃然起敬，树立起雄心壮志，不觉脱口而出。

"那好哇！"妈妈马上接着说，"只要你能考上北大，那就实现了爸爸妈妈的心愿。"

"只要你努力，一定能考上。"爸爸说。

"听别人说，北大每年到咱们那儿招的人特别少，我能考上吗？"董振森心里没底。

"别人我不敢打包票，我的儿子我知道。你能行！你不是次次考前几名吗？"苏霞马上给儿子打气。

董振森好像劲头不是那样足，毕竟考北大太难了，这担子太重，他不想往自己肩膀上扛。而且，他也和爸爸一样，没有十足把握的事，不轻易答应。

于是，他们边走边聊。

"蔡元培是这所学校出来的吧？"苏霞问董兴国。

"蔡元培担任过北大的校长，好多著名人物都与北大有密切的关系，比如李大钊、鲁迅、茅盾……"

"他们都是一些什么人？"董振森插嘴问道。

"蔡元培是近代民主革命家，教育家。你将来学历史就会知道他。李大钊是中国共产党的创始人之一。鲁迅和茅盾都是中国文学史上划时代的人物。"董兴国只能这样笼统简洁地回答这个才小学毕业的儿子。

他们绕了一圈，看到了图书馆。图书馆前面有一个好大的广场，他们站在广场的这头，远远地看着图书馆。图书馆中间的主建筑是中式的,两边的大楼搂抱着它。

他们来到图书馆里面,看到简介上说,这里的藏书很丰富,达到八万五千多册。有中文书库、外文书库,而且已经全部实行自动化管理。

董兴国告诉儿子:"我们中华人民共和国的开国元勋毛泽东年轻时在这个图书馆当过管理员。他在这里获得了许多有益的知识,结识了许多名流学者,这对他的人生产生了重大的影响。"

"假如我考上了北大,我将来就能在这儿看书。"董振森想象着美好的将来。

这话让董兴国夫妇精神一振,他们觉得这趟没有白来。

他们到了一栋教学大楼外面,可惜进不去,只能看看它的规模。

"不知道这里面的教室和我们学校的教室是不是一样的。"董振森自言自语地说。

"有的一样,有的不一样。有一种环形教室,老师的讲台最低,学生的座位一层比一层高。"董兴国告诉他。

"要能进去看看就好。"

"现在办不到,以后,你考到这儿来上学就知道了。"苏霞不失时机地帮董振森树立考北大的信心。

回家的火车上，他们一家三口谈的全是北京大学。

回家后，苏霞找来很多关于北大的资料给董振森看，加深董振森对北大的印象。

有一天，董振森郑重其事地问妈妈："如果我真的想考北大，那要怎么做？"

苏霞喜出望外，坐下来慢慢地说："北大是重点中的重点，是所有学生都想去读书的学校，难考是肯定的。但它每年都要招生，这些学生来自全国各地。世上无难事，只怕有心人。"

董振森说："我不信别人能考上，我就考不上。"

苏霞进一步诱导："要考上，就要下决心。光有决心不行，还要脚踏实地打好基础。从现在开始就要用功。我去买初中的课本，咱们比其他同学先走一步，马上开始学习。"

十二岁的董振森像个男子汉一样，立下雄心壮志，决心向北大冲刺。

这个暑假，小学升初中的那些孩子，小学因为他们毕业了，不管他们；中学因为他们还没报到，管不着他们。他们快乐地过了一个没人管束的夏天。可谁知道，有的人为了自己的理想正在奋斗，天天坐在书桌前学习。这些人

爸爸妈妈的期望

中就有董振森。等到学校开学，别人学习新知识，对董振森来说那已经是复习了。

这一切应该归功于董振森的妈妈，她向董振森灌输积极向上的精神，使年纪不大的董振森胸怀大志，树立了人生目标，不同于一般孩子。

心理医生说：

部分家长在年轻时由于种种原因失去了学习和发展的机会，于是把自己未能实现的理想转移到孩子身上，迫切希望孩子帮自己实现没有实现的理想，补偿自己的遗憾。他们对孩子的期望有些盲目和偏高，也就不足为奇。

董兴国和苏霞对董振森的期望值非常高。他们希望董振森将来能成为国家的栋梁之材。他们要求他考上最好的大学，希望他到北京大学读书。

作为家长的董兴国，他将人才视为单一类型的高学历获得者，并不正确。在我们国家，不是当科学家才算有出息。应该说，只要这个人能为社会做出贡献，他就是有出息。

苏霞自己无法实现读博士的理想，把这个理想寄托在儿子身上，想方设法去激励儿子努力学习。

家长的期望值要与孩子的客观能力，主观愿望一致，孩子才会接受，不然，家长的期望是空望，不能落到实处。

再说，从教育孩子出发，不能什么事都不让孩子干、时时刻刻搞学习。过分安逸的生活会让孩子动手能力很差。家长如果对孩子爱之过分，疼之过度，会使孩子长大后不能独立处理问题。

3 他在追求完美

新学期开学，洞庭中学校门口彩旗飘飘，"欢迎新同学、新老师"的标语非常醒目。一年级的老师站在门口接待新生。

一年级二班的班主任老师姓吕，是个二十多岁的年轻女老师。她热情地询问从她面前经过的新生，为他们指路，告诉他们到哪儿去报到，哪儿缴费，教室在哪儿。

这时一个长得比较清秀的男孩子过来了，他的个子比较高，面色白净，穿戴时尚，一看就知道都是名牌。陪同他来的是个知性的女人，看样子是他的妈妈。

当吕老师告诉他们怎样去办理入学手续时，男孩子认真地听着，显得很文静。最后，他有礼貌地对吕老师说了一声："谢谢老师。"

吕老师想：这个孩子有教养，一定是个好学生。她对这个孩子有了好印象。

这个孩子就是董振森。

董振森读小学时在学校里确实是个好学生，学习认真，不用老师操心，课外也不多事，打架骂人的事与他无关。有的同学成绩好，俨然是老师的代表，瞧不起成绩不好的同学。他虽然成绩好，但不趾高气扬，也不爱张扬，为人低调，和同学相处得也好。他比较内向，不大爱说话。下课总是静静地坐在座位上，看着同学们追跑、打闹，有时也笑笑，在几十个同学中，他一点也不扎眼，像一只乖小猫一样，总是待在不被人注意的地方。从来没有人特别注意他，也没有人和他作对。

在家里他也是个乖孩子，苏霞对他的学习抓得很紧，就是有点过头，时间安排得紧紧巴巴，让他几乎没有休息时间，他也不反抗。有时苏霞唠叨，他虽然反感，也不顶嘴。

偶尔，董振森会想象自己将来会是个什么样的人，会干什么。但毕竟他是个小学生，这个问题太沉重，他想象不出就自动放弃不想。董振森在爸爸妈妈的启发下，心目中朦朦胧胧有了一个目标，那就是要考上北京大学，考上

全国一流的大学，做一个最有学问的人，让爸爸妈妈高兴。过去是被动的，现在有了主动性。所以，他一跨进中学大门，就攒足了劲要在学习上用功，无形中给自己加压。

上课之后，吕老师发现她喜欢的那个男孩分在自己班，这使她有意无意地多关心他一些。

发校服那天，几个平日穿得好的男孩公开说校服不好看，舍不得脱下自己的衣服，磨磨蹭蹭不肯换。

董振森没挑剔校服质量不好，听话地换上校服，把自己脱下来的便服叠得整整齐齐装进袋子里。

吕老师觉得这个孩子没有一般孩子身上的"骄娇"二气，也不浮躁，很沉着，好像很有思想，只是不爱说话。

于是，吕老师在选班干部时把董振森放在候选人名单中。选举班干部时，用的是无记名差额投票的方法。老师提出候选人名单，全班同学投票选举。没想到董振森竟获得全票，自然当选了。看来，同学们通过短暂几天的接触，也喜欢这个文静的新同学。

这出乎吕老师意料，也出乎董振森自己的意料，他没有当班干部的心理准备。

吕老师当场根据同学们的意见和自己的看法给班干部分了工，董振森当上了班长。当同学们鼓掌欢迎新班长上台发表就职演说时,他满脸通红,不知所措,跌跌撞撞跑上台,给老师敬了一个礼,给全班同学敬了一个礼,说:"谢谢大家的鼓励,我会好好干的。"

接着其他班干部也上台表了态,几乎无一例外沿用了董振森的口气,都说自己要好好干,有的在董振森的基础上发挥了一点,说只有好好干才对得起老师和同学们的信任。

董振森表态时几乎没有过脑,只不过是情急之下从脑子里挤出来的话。当别的干部说要对得起老师和同学们的信任时,他顿时感到了责任,体会到肩上的压力。

放学后,班干部留下来召开第一次班务会议。吕老师肯定了班干部自身的素质和表现,接着谈了班干部的注意事项。一是要做好自己分内的工作,二是要以身作则,当好带头人。你们天天和同学们一起学习,一起生活,你们的一举一动同学们看在眼里,会给你们评分的。

这让董振森很不习惯,一想到会有人时时刻刻注意自己,他就紧张。他暗暗告诫自己,以后可不敢乱说乱动,不然,马上就会有人看见,对自己产生不好的印象。

这次当选为班长,对董振森来说是一次提升。过去他是一颗任人拨动的算盘珠,既听话也没有思想负担。现在他是个小家长，要管别人，肩上有了担子，有了责任。

回家后，他几次想告诉妈妈自己当班长了，但话到嘴边他又咽了回去，他怕妈妈说他得意忘形。他曾经听爸爸说有个人有一点点长处或者是成绩就沾沾自喜，到处宣扬，唯恐别人不知道。

吕老师给了班长董振森一把钥匙，让他早上负责开教室门。第二天是他第一次去开门，晚上，他几次醒来看闹钟，老是睡不安稳，害怕睡过了头迟到。原来他没有这种顾虑，一是闹钟定了时，到时候会响，万一闹钟没吵醒他，还有妈妈会叫他，双保险。现在他操心了，他想：要是闹钟不响，妈妈也睡过了头，那自己就会迟到。平常迟到当然不好，但事情不大。现在如果迟到，他不能按时开教室门，同学们就会被关在教室外面，顽皮的同学甚至会闹事。老师会生气地说：这孩子才当班干部就迟到，真经不起考验。同学们会说：班长都迟到，那我们也可以迟到。

早上四点钟董振森醒了一次，看看还早，又躺下去睡觉，五点钟又醒了，离起床时间还有一个钟点，他不敢睡了，起来又怕吵醒了妈妈，连灯都不敢开，只好悄悄坐在床上等。

闹钟一响，他马上从床上跳起来，装作才起来的样子，洗脸刷牙，速度比从前快了一倍。妈妈端来早点，他三下五除二往嘴里塞，恨不得揭开脑袋往里面倒。妈妈觉得奇怪："这孩子，今天怎么这样着急？"董振森不解释，只催妈妈动作快一点。

这样，他比平常早二十分钟到校，在大门外站了几分钟，传达室的老大爷才来开大门。

过了一个星期，董振森慢慢习惯了自己的角色。早晨到点他会自然醒过来。当了一年班长，他的责任心增强了。

悟性很高的他体会到，要当好班长，要去管其他同学，首先自己就得过硬。比如，如果自己往地上乱扔过纸屑，下次提醒别的同学注意保持卫生的时候，就会有人当面诘问：你自己做得怎么样？看见过自己扔纸屑的同学就会毫不留情地揭发，让自己难堪。如果不想出现这种场面，那就得处处注意，连做广播体操都得认真做好每一节，别让别人说闲话。

自从董振森当了班长，他的神经总是那样绷着，时刻提醒自己：在班上要注意形象，要做别人的榜样，要带好头，要帮助别人。

董振森很忙。有同学生病或者有事请假了，他要代他们做值日生。这样的事，一周中有那么一到两次。可是，

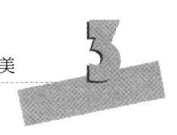

他在家从来没扫过地，因此扫不干净。

有个同学丢了自行车，他忙上忙下帮他找。到保卫处去登记，打印寻车启事，到处张贴。有时还和那个同学站在校门口辨认。

他什么事都管，也有管不下的事，但他不灰心。

有个同学的父亲得了白血病，他代表全班同学，和老师一起上他们家去慰问，回来又在班会上向同学们报告情况，还帮助老师做募捐箱，放在教室门口，号召同学们捐款。自己班捐的钱还不够，他又去找校长，请求校长动员全校师生捐款。

同学们说他是个干得成事的人，只要他答应了的事，就一定会认真去做，是个不撞南墙不回头的主。同学们对他的评价让他很高兴。

但同学们说他有一个缺陷，就是从来不和同学老师交流，同学们谈得热火朝天，他从来不参加。他连自己爸爸是干什么的，妈妈在哪儿上班都缄口不提，不愿告诉别人。就是有人问起来，他也扯开话题。他心想：爸爸就很少和人说自己的事，只谈工作。本来嘛，自己的事与别人不相干，何必告诉别人，多此一举。

董振森上中学之后，在学校待的时间更长了，早上到学校，傍晚天黑了才回家。回家之后，作业也多了，做完作业已经到了睡觉的时间。

这样，苏霞除了给董振森准备早点、做晚饭，白天没有事可干。于是她就向丈夫提出要出去工作。

董兴国自己是个干事业的人，当然理解闲下来没事干的滋味，也同意她出去工作，但不能进自己的公司。别人巴不得自己的亲人进公司加强管理，特别是管财会，让人放心。但董兴国不同，他习惯一个人说了算，不喜欢有个人在他的背后指手画脚。

苏霞十几年没有上班，专业已经忘得差不多了，凭董兴国的面子，总算找到了一份统计的工作，天天要和计算机打交道。计算机这东西发展很快，更新也快，这么多年来新技术不断替代旧技术。苏霞这次要从头开始学习。于是，她买来很多资料，晚上回家给自己充电，管董振森的时间也就少了一些。她知道董振森性格像爸爸，很自律，不爱说话，当班长这样的事，董振森都不告诉家里，她还是电话里听老师说的。后来问他，他说这有什么可提的。她对董振森很放心，只是不时地给他买一些课外辅导资料。

她没有想到，董振森已经习惯了小学时形成的学习模式，习惯了妈妈的辅导。现在妈妈突然放手，让他的学习压力很大，心理压力更大。

过去，董振森不但生活上依赖妈妈，学习上也依赖妈妈。第二天要学习的新知识，苏霞头天晚上会帮他预习，每天的家庭作业，苏霞会帮他批改，错了的地方复习一遍。正是这样，有妈妈的操心，他跟着妈妈走，从不担心考不好，次次考试名列前茅，觉得比较轻松，好像这是应该的，会一直这样下去。

到中学以后，学习难度加大了，功课多了，时间不够用了。每天完成老师布置的作业后，再做妈妈选择的课外作业，就觉得有点累。考试前他总是很紧张，好像有几条数学定律还没有完全掌握，虽然背得滚瓜烂熟，但是解题时做不到得心应手。

他顾虑，假如有一次自己考试成绩不理想，他就不敢抬头看别的同学，害怕同学们笑话他：班长，你这次怎么考得这样差？还不如我。

但是，这些苦恼他都憋在心里，从来不向别人表露，也不肯向爸爸妈妈倾诉，爸爸妈妈也看不出来，他独自承担着压力。爸爸妈妈却还为他感到骄傲，常当着客人的面表扬他。他不愿意破坏自己在爸爸妈妈心目中的好形象。他也不愿意告诉老师——吕老师那么信任自己，是她提出来让自己当候选人的，他不愿意吕老师对他失望。他想在同学、老师、父母面前表现得聪明、有能力，想做最优秀的人。因此，他事事想做得完美，他也努力追求完美。

一天，董振森放学时，妈妈有事没有来接他。他自己坐公共汽车回家。过马路时，人很多，中间有一位盲人大妈。董振森主动过去扶着大妈的胳膊，和她一道过马路。过了马路，董振森问老大妈："您家住哪儿？要我送您吗？"

老大妈说："我家住在建设路。不用你送，孩子，我天天上班，这条路已经走熟了。"原来，这位大妈姓何，是位按摩医生。她住在董振森经过的建设路，在董振森学校旁边的社区医院上班。

他们分手后，董振森边走边想：这怎么行，一个双目失明的人，要穿过几条街道，而且每天要走两遍。马路上车来车往，多危险！他马上回过头去，追上何大妈，搀扶着她，把她送到家后才回家。

回家后，他把何大妈的情况告诉妈妈，说他很为何大妈的安全担心。

苏霞认为何大妈的安全应该是何大妈家人考虑的事，用不着一个过路的学生操心。但她毕竟是个有修养的人，怕伤害儿子的好心，只是说："那是很危险。"

董振森接着说:"我想帮帮他。"

苏霞这才把儿子的话当回事,问儿子:"你怎么帮她,你一个学生,有什么办法帮她?这事要去找残联。"

董振森求妈妈说:"妈妈,你每天送我上学,顺道把她给捎上,好吗?"

苏霞没想到儿子会提这个要求,说:"让我想想。"

她更没想到儿子会说:"如果你不肯,那从明天起,我五点就起来,自己走路送她上班。"

苏霞气恼地说:"你真是你爸爸的儿子,一开口就没有商量的余地。"

董振森不无骄傲地说:"我当然是我爸爸的儿子,像爸爸不好吗?"

苏霞只好依着儿子,每天接送儿子时,顺带捎上何大妈。何大妈在他们经过的路口等着就行。如果苏霞哪天有事不接送儿子,董振森就步行送何大妈。

这事给苏霞带来麻烦,但给何大妈带来了极大的方便。她感激涕零,摸着董振森的手说:"孩子,你真善良,我和你萍水相逢,你却帮了我这么大的忙。"

董振森说:"何大妈,别人也会这么做的,只是他们没有我这样的条件,我家不是有车吗,我妈妈不是天天开车接送我吗，这很方便的。"

董兴国从妻子口里听到了这件事，也认为儿子善良，至于天天接送何大妈，他认为苏霞可以做，但董振森大可不必，他担心耽误董振森的时间，影响他的学习。他让妻子去做董振森的工作，说残疾人的事，有社会管，小孩子不要插手。

这话，董兴国又不想让儿子知道是他说的。他知道儿子这样做是对的，品德高尚。自己反对他这样做是出于一个父亲的私心。如果儿子知道他反对，会瞧不起自己，影响自己在儿子心目中的形象。所以，他不想让儿子知道自己反对这件事。

历来听话的董振森这次可不听妈妈的，我行我素，妈妈工作紧张，不接送他的日子，他一定步行着去送何大妈。

每次董振森步行送何大妈回来，心情都特别好。他认为，由于自己的帮助，何大妈的安全有了保障，何大妈因此很感谢他。能帮助人的滋味很好，比得了一百分还受用。现在有句流行语：送人玫瑰，手留余香。他又想到，要是老师知道了，一定会表扬他。但他不愿意让老师表扬，因为那样同学们会认为自己帮何大妈是图表扬，不是真心想帮助残疾人。

他在追求完美

后来，送何大妈的事就成了他们家的义务，家事。

董振森读二年级时，当着全班同学的面辞去班长职务，这事，他瞒着父母。他知道他当班长，爸爸妈妈高兴，觉得儿子有出息，他们脸上光彩。但他自己考虑再三，觉得当班长杂事多，自己又想做好，占去了他不少学习时间。自己现在学习很吃力，如果再不用全部精力去学习，那会辜负爸爸妈妈的期待，考不上北大。为了考上北大，他自动放弃这份荣誉和责任。

吕老师从董振森坚决的态度上，知道他确实不愿意当，就让同学们另外选出了一位班长，想当班长的人多。

这个学期从其他班转进来一个男生，比董振森矮一点点，坐在董振森的前面。这下，董振森的日子不好过了。

这个男生叫何灿辉。不是单亲家庭的孩子，却过着单亲家庭般的生活。他爸爸是报社记者，经常外出采访、调查。他的外公外婆在美国，他妈妈先是去美国读书，后来在美国定居了，一年只回来一次。

他妈妈想把何灿辉接到美国去读书，也让他去住过一段时间，何灿辉在那儿水土不服，老是生病，长期低烧不退，又找不出原因，小命差点不保。

他爸爸不高兴了，说："我们是黑头发黄皮肤的中国人，为什么要到美国去？中华民族的文化博大精深，我们一辈子都学不完，我们不去外国读书。"

开始，他们把何灿辉放在奶奶家。后来奶奶去世了，他爸爸只好把他接回来，和他一起过。这孩子从小被奶奶宠坏了，非常任性，又有主意。在原来的班上大事不犯，小错误不断。老师批评他，他虽是虚心接受，但坚决不改。

老师想找他爸爸谈谈，但他爸爸是个大忙人，十次找他，九次不在家，总是出差在外。班主任老师提出让何灿辉换个环境，通过校长做工作，他转到了董振森他们这一班。

上课时，何灿辉一刻不停地折腾，不是玩魔方就是画画，不是看小人书就是折飞机。学校不准学生带手机到学校来，他的手机被老师没收了，让家长来领，大概他不敢告诉家长，手机就一直放在老师办公室的抽屉里。

后来，他不安于自己一个人不听课，还要找同盟军。于是，他转过身来找董振森的麻烦。

上数学课的时候，何灿辉对那些方程式实在不感兴趣，他基础不好，半懂不懂，老师说的只在他的耳朵边掠过，根本就入不了他的脑子，因此，老师讲课的声音就像庙里和尚念经时的木鱼声，对他有催眠的效果。他不管不顾，趴在座位上睡觉。

可老师不体谅他的"苦衷",把他叫起来,站着听课。这对他来说无所谓,他可是经常被老师叫起来站着听课的。脸皮已经练出来了,不红不白,平静得像湖水。

一站起来,瞌睡倒是没了,实在无聊。他突然回身对董振森说:"董振森,借支笔给我。"

董振森听课正听得入神,冷不防他这一喊,不知道他说什么,瞪着眼茫然地看着他。

何灿辉觉得很好玩,带着调侃的口气说:"你没听见我说的吗?你不会这么小气,连支笔都不肯借吧?"

董振森还是没有弄清楚何灿辉要干什么,只好问他:"你说什么?"

"我要你借支笔给我。"

数学老师正在黑板上演算,听到有人说话,转过身来,眼光像锥子一样射向他俩。

董振森不说话了,他特别害怕数学,担心漏掉了老师说的话。他眼睛不看何灿辉,把自己手上的笔递给何灿辉。

何灿辉可不是盏省油的灯、这样容易对付,他继续纠缠董振森:"你把你的给了我,你自己有吗?"

董振森不理他。

何灿辉不放过他，喋喋不休地唠叨："你别忘了，我们是同班同学。我找你借支笔，你就这样不耐烦，像话吗？"

要是在小学，董振森完全可以举手告诉老师，老师会来管何灿辉。但这是中学，如果董振森那样做，会惹得同学们笑话。董振森只好对他说："有什么事，咱们下课再讲好不好？"

何灿辉大声说："不好。"

老师再一次用责备的眼光看着他们，意思是说：你们第一次讲话，我没有批评你们，再讲话的话我就要点名批评了！

董振森脸红了，也生气了，再也不理何灿辉了。

何灿辉看见董振森气得脸红了，觉得好玩，想继续戏弄董振森，无奈董振森不理他，他也没意思，只好作罢。

下课了，董振森主动找何灿辉，说："有什么事，你下课找我说，怎么都行。但上课不要找我。"

何灿辉没有说话。

董振森说："你上课不听课，你的作业怎么完成？"

"我听不懂。"何灿辉见董振森态度那样诚恳，就实话实说，"作业抄别人的。"

"我帮你行吗？"董振森想也没想，脱口而出。

"你真的愿意帮我吗？"何灿辉不见得是真正想把学习搞上去，但如果董振森愿意和他在一起，他求之不得，他正愁没人和他玩。

"不愿意我干吗说？"董振森可是真心实意，说干就干。他拿着书，坐在何灿辉的座位上，照猫画虎，把老师刚教给他的知识，转述给何灿辉。

何灿辉又不蠢，董振森按自己的理解给他一说，比老师教他还容易接受，他马上懂了。上课铃响了，董振森回到自己的座位上，临走，还不忘记叮嘱何灿辉一声："上课别捣乱，不然，我不理你。"

"我不理你"这话对何灿辉还真起作用。因为他不是好学生，已经在学校出了名。那些好学生都不愿与他为伍，他感到很孤单，他这个年龄的孩子都渴望友谊，渴望关怀，他希望自己能和其他同学交融在一起，可同学们就是不理他。孩子们直率，赤裸裸地表现出来，这很伤何灿辉的心。现在董振森愿意和他在一起，他多少有点受宠若惊，他可得好好抓住这个机会，争取和董振森做朋友。这节语文课，他真的没有打扰董振森，自己也认真听课。他一认真听课，还真觉得不枯燥，时间容易过。

以后的日子，只要有时间，董振森就帮何灿辉补课。放学他们也一块儿回家。

董振森是真心想帮何灿辉，他发现自己给何灿辉解题时，自己原来还模糊的概念，一下明朗了，这对自己也有好处。而且他喜欢这种帮助别人的感觉，好像自己真的什么都懂，他在这里找到了对数学的自信。

何灿辉开始并不把学习放在心上，只是利用董振森帮他补课来接近他，董振森肯和自己在一起，自己有面子。甚至，他们放学一块儿回家时，何灿辉还四面张望，表情十分得意，有点炫耀的意思。

后来，何灿辉发现学习并不是那样枯燥乏味，也不是那样受罪。认真学习起来，他觉得充实，老师对他态度也亲切一些。老师对他有笑脸了，他心里别提多滋润。他不吊儿郎当，专门和老师作对了。不过有时，他免不了旧病复发，上课会坐不住，但只要董振森用脚踢踢他，他会马上改正，安静下来。

当吕老师发现董振森经常和何灿辉在一起时，有点后悔，埋怨自己不应该让何灿辉坐在董振森的前面，怕何灿辉影响董振森，董振森可是他们班上的尖子，重点保护对象。

但她又相信董振森的定性，认为他本身素质过硬，不

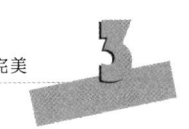

会轻易受到影响的。何灿辉的那些坏毛病坏习惯让他学他也学不来。

她也没有奢望董振森去做何灿辉的转化工作。她认为，董振森还是个学生，他的能力有限，老师都无法帮何灿辉纠正那些坏毛病，董振森又有什么办法。董振森更没有责任去帮助何灿辉。吕老师只是暗暗关注他们，如果董振森和何灿辉发生矛盾，她就会把何灿辉调开。

当何灿辉发现董振森天天送何大妈上班，董振森又一再叮嘱他不许和任何人说时，他从心底里佩服董振森。他把自己和董振森相比，得出一个结论：人和人就是不一样，有的人就是比别人优秀，比如董振森；有的人就是差劲，什么都不懂，比如自己。他嘴上不说，但他暗暗地向董振森学习。他每天见到董振森的第一句话就是："我的作业做了。没有不会做的。"好像董振森是他的家长，他应该向他汇报。

何灿辉现在十一二岁，正慢慢走向人格独立。他渴望友谊，但同学们讨厌他，老师不喜欢他，他像过街老鼠——人人喊打。何灿辉感到孤独、十分苦恼时，董振森出现了。董振森用自己的言行去感化何灿辉，用好的品德去熏陶他。何灿辉全盘接受董振森给他的好影响，全力效仿董振森，效果显著。

吕老师发现何灿辉变了,课堂上不捣乱了,作业完成得比以前好了,但又找不到原因。他的爸爸还是隔三岔五去外地出差,让他一个人在家,过没人束缚的自由生活。她不相信董振森对何灿辉的影响这样大,她不相信榜样的作用这样大。

有一次,董振森问何灿辉:"好像你的爸爸不太管你?"

何灿辉说:"他很忙,经常出差。不过就是他不忙也不会管我,每个月的生活费,他一次交给我,让我自己安排。他经常对我说,自己的事自己做,自己的问题自己考虑。他鼓励我独立思考,不附和别人的意见。"

董振森没见过何灿辉的爸爸,他认为,这样的爸爸不负责任,哪像自己的爸爸妈妈,连每天早餐吃什么都安排得妥妥的,不用自己操心。

在一次学校的教务会议上,校长提起了二年级二班的何灿辉,说这个孩子进步快,几个科任老师都反映他进步了。原来让人头痛的学生,现在也不和同学吵闹,更不无事生非,这是好事,这中间一定有值得其他老师借鉴的地方,让吕老师回去总结经验,下次到全校师生大会上做个发言。这可让吕老师露脸了。

他在追求完美

吕老师这才把何灿辉的教育摆到自己的议事日程上来。这以前，她不但没把何灿辉放在心上，还打算他一犯事就让他离开二年级二班，这样的学生少一个少操一份心。教务会以后她开始细心观察何灿辉和董振森的往来。

一天，吕老师发现，只要一下课，董振森和何灿辉就在一块儿叽叽咕咕，不知在说什么，好像还很着急。放了学，董振森和何灿辉一溜烟跑了。

他们刚走不久，董振森的妈妈开着车子接他来了。但董振森已经走了。苏霞说："不应该呀，早上董振森出门的时候，我还和他说，我今天早上要送他爸爸去机场，不送他，下午下班一定来接他，他答应了。平时，他答应了的事从不失误。今天怎么啦？"

吕老师不得不告诉她，董振森是和一个叫何灿辉的学生一块儿走的。

这时，董振森和何灿辉正在何大妈家。

早上，苏霞没时间送何大妈，董振森急急忙忙赶到平时和何大妈会合的路口，等了差不多二十分钟，他如果再不走，就会迟到。董振森只好跑着赶到学校。但是，因为没有送何大妈，他一天都心神不宁。他把这事告诉了何灿辉。何灿辉答应放学和他一块儿去何大妈家。

他们到了何大妈家，才知道何大妈是一个人住。她的老伴去世了，儿子在外地工作，也成了家，要把何大妈接过去。但何大妈认为，到了儿子家，自己就是个闲人了，要人伺候，成了儿子的累赘。自己住在老家，还能在原来的按摩医院上班，为别人服务，自己还有存在感，人生还有价值，于是不肯去。

这天早上，她有点头晕，估计是血压又上来了，就没有去上班，本想到路口告诉董振森一声，但刚走到门口就摔倒了。只好摸索着爬到床上迷迷糊糊睡下了。后来，她要起来给儿子打电话，但一动就天旋地转，怎么也爬不起来。董振森来了，她都不知道是什么时候了。

董振森和何灿辉的到来，让无助的何大妈有救了。她让董振森打120的电话，叫来急救车，又让董振森给儿子打电话，把自己病了的事告诉儿子，让儿子过来处理。

把这一切安排好以后，董振森才松了一口气。正打算回家，妈妈苏霞开着车找来了。她没有表扬董振森做得好，也没有和眼巴巴看着她的何灿辉打招呼，只是催董振森上车。董振森一上车，她就一踩油门，开着车跑了，把何灿辉丢下了。

车上，苏霞唠唠叨叨，说董振森没有以前听话，有些

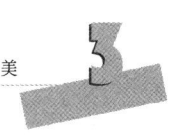

事也不和父母商量，自作主张，交朋友也不选择对象。

董振森不反抗父母已经成了习惯，任苏霞怎么说，他也不反驳。只有一点，他非常不满，就是苏霞把何灿辉给丢下了。董振森认为，是自己叫他来的，自己走了，丢下他一个人，算什么事。

第二天，董振森诚恳地向何灿辉道歉，说："大人就是这样，什么也不听你的。我拿他们没办法。"

何灿辉神情黯淡地说："这样的事，我见得多了。大人都以为我是坏孩子，不让他们的孩子和我玩。你妈还算好的，没有当面说你，总算给我留了面子。"

董振森安慰他说："他们是偏见，是误会。我知道你和我一样，没什么区别，我是好学生的话，你也是好学生。我们要用事实告诉他们，我们是好学生。"

董振森的话给了何灿辉很大的鼓舞，他摇着董振森的双臂，急切地问："你真的是这样认为吗？"

董振森说："我心里真是这样认为的，骗你是小狗。"

何灿辉一下振作起来，和刚才完全两个样，他挥舞着拳头，说："对，让事实说话。"

何大妈经过治疗，病情有了好转。她儿子不放心她一个人住在这个城市，一定要带她走。临走前，她让儿子用大红纸写了一封感谢信，送到洞庭中学。信中介绍了董振森这一年多来天天送她上班的事迹，并衷心向学校表示感谢，感谢学校教育出了这样助人为乐的好学生。

校长接了感谢信，十分高兴。马上找来吕老师，了解这件事。

吕老师这才知道董振森接送何大妈的事，找来董振森询问，董振森低着头就是不开口。问急了他才红着脸说："我可不是为了表扬，请老师不要把这件事宣传出去。"

学校领导和老师的目光全集中到了董振森身上。同时，何灿辉进步的功劳也归结到了他身上。

校长在一次广播大会上向全校同学介绍了董振森助人为乐的事迹。说他一年来帮助盲人医生何大妈上下班，而且不图名不图利，默默奉献。说他帮助落后同学何灿辉进步，现在何灿辉也成了好学生。

下了课，董振森跑到何灿辉的座位上，解释说："我可从来没有和任何人说自己帮助了你，也没有说你是在我的帮助下进步的。这全是他们瞎猜。"

董振森的担心是多余的，其实何灿辉很高兴，因为校长说他也是好学生了，而且是在全校的师生大会上说的。他一点也不在乎校长说他以前怎么叛逆。

他在追求完美

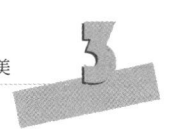

恰巧学校这时评德育示范生，董振森理所当然成了德育示范生，相片被放到学校的宣传窗里。

一时间，董振森成了学校的新闻人物。他在前面走，后面总有人议论纷纷。甚至有男生跑过来直接问："你是董振森吗？"

成了德育示范生的董振森，一方面有成就感，估计自己可以和爸爸小时候媲美。另一方面，他的心理压力更大，比以前更小心翼翼，每天生活如履薄冰，时时观察别人的反应，生怕自己什么事没做好，别人在背后议论他，说他不够德育示范生的标准。但是，他的这些想法从来不在脸上表露出来。

这时，他感到学习更吃力了，尤其是数学，他把书上的定律背得滚瓜烂熟，但一遇到具体题目，他就有点蒙。虽然最后经过努力能做出来，但不是那样轻松。他有时会冒出这样的念头：我可能不是读书的材料，比那些数学成绩特别好的同学笨，脑袋没有他们的好使，逻辑思维能力比他们差。

心理医生说：

家长的期望一般来讲对孩子有激励作用。但这个期望目标要被孩子接受,并通过一定努力能够达到时,才会起作用。假如父母的期望值过高,没有顾及孩子的天赋、能力、兴趣,而是一味强迫孩子按自己的意志去做,孩子又无法达到父母的要求,那么这种期望就会变成压力。

董振森是个自律的孩子,也是个性格内向的孩子,他把爸爸妈妈对他的期望摆在第一位,一切都是为实现爸爸妈妈的期望努力。为了有更多的学习时间,他甚至主动辞去班长职务。

对这样的学生,家长和老师要给他减压,要想办法让他从学习的负担中走出来。不然,他长期生活在焦虑中,会影响身心健康。

不过,董振森也有自己的问题,他应该和老师、家长交流倾诉。老师、家长是监护人,有责任保护他,帮助他,但他们不知道董振森心里的想法,不知道他有焦虑情绪。所以,一定要信任老师、家长,遇到困难,第一时间告诉老师、家长,老师、家长有知情权。

还要告诉孩子,事物不完美是常态,每个人都应接受自己的不完美,世界上没有十全十美的人。

4 参加英语竞赛

二年级的下学期，学校准备办联欢晚会，规定每班要拿出两个节目。吕老师这段时间忙着自己的职称晋级工作，又是写材料，又是整理教案，忙得晕头转向，就把这任务交给了文娱委员。

文娱委员为这事要求班长开了个班会。别看平时大家都爱哼哼唱唱的，一到关键时刻就掉链子了。班长动员了半天，就是没人报名。全班五十多个人，鸦雀无声，就是上课都没有这么好的纪律。班长被晾在台上，他抓了抓头皮，问文娱委员怎么办。

文娱委员是个女同学，倒也干脆，说："这样吧，男生出个节目，女生出个节目。女生的节目我负责，男生的节目班长你负责。"

教室里一下沸腾起来，女生们说：公平，合理。男生们拍着桌子反对：这唱唱跳跳天生是女生的事，怎么找我们男生。

和刚才的情况完全不同，教室里一下闹起来。从教室旁边经过的一个老师不知发生了什么事，把头伸进来看了一下，见天下太平，走了。

班长想马上平息事态，脑袋一转悠，也只能这样了。他把双手往下压，说："大家静一静。她说的办法很好，就这样了。"

女生欢呼雀跃，她们等着看男生的笑话。

男生们嘀咕，说："看班长怎么办。"

其实班长胸有成竹。他知道董振森的歌唱得好，他听到过一次，他还开玩笑说可以媲美专业歌唱家。事到如今，退一万步说，男生拿不出节目，就和董振森讲几句好话，让他上去唱一首歌，顶一个节目，董振森会答应的。董振森这个人顾全大局，好说话。而且谁也没规定独唱不算节目。

放学了，女生们的节目定下来了，她们打算请一个女同学的姐姐来教《洗衣舞》，这个同学的姐姐在市歌舞团工作。

男生们留下来讨论出什么节目。有人说让谁去说个相声，有人提议让谁打个快板，大家七嘴八舌闹了半天也定不下来。到最后，有人提出让董振森去独唱一首歌。这个建议得到所有男同学的赞同，因为这样省事，既不用去找脚本，又不用找人辅导，还不用排练，只要董振森上台开口唱。

开始董振森不同意，一直不说话，逼急了，他说："我从来没有排练过，怕上台丢了二年级二班的脸。"

后来，经不住大伙的央求、说好话，他只好说："那就让我试试。"

那天的晚会节目单上，二年级二班的节目排在中间。女生的节目顶受欢迎，到底是专业演员教的，动作优美活泼，女同学也做得挺到位的。

报幕员报幕之后，大家才知道二年级二班还有一个节目是董振森的独唱。大家从来没有听他单独唱过歌，不知道他到底唱得怎么样。有的同学想起他是被逼上去的，为他捏了一把汗。大家佩服他的勇气，能为班级豁出去。总而言之，大家拭目以待。

董振森站在后台时还真的有点心慌，迈不开步子。直到吕老师说："快上去，大家鼓了两次掌了。"又推了他一下，他这才走到台中间。不过，伴唱的音乐一响，他就沉浸到歌曲的旋律中去了，不慌了。

董振森代表二年级二班唱的《青藏高原》，让全校师生都震惊了。

这本是一首女生唱的歌，最后的拖音又高又长，要一定的声乐功底和一副好嗓子。苏霞的嗓子好，有事没事在家一边做事一边哼这首歌。董振森在家也跟着妈妈哼，不经意间学会了。现在唱只不过是换了个地方，对他来说一点难度也没有。再说，昨天还彩排了，他已经在乐队伴奏下唱过两次，当他唱到"呀啦嗦，那就是青藏高原"的时候，全场没一个人说话，只有董振森充满激情的歌声在礼堂的上空回荡。

歌声一停，过了一会儿，大家才从歌声中回过味来，暴风骤雨般的掌声，经久不息。董振森谢了三次幕才算停下来。

坐在评委席上的老师兴奋了。

这个说："这个董振森真是个全才。"

那个说："难得，真的难得。成绩好，品德优，还会唱歌。"

音乐老师说："这个歌的音挺高的，一般人唱不上去。

主要是他嗓子好。我怎么没发现这个人才？我可不放过他，说不定我们学校将来要出个大歌唱家。"

学校里大部分同学因为董振森是德育示范生知道他，他的相片贴在宣传窗里，但很多人没见过本人。现在，一首歌让全校同学认识了他。大家对德育示范生兴趣不大，更喜欢会唱歌的董振森。现在，董振森走在校园里，经常有人和他打招呼，大部分人他不认识，可人家认识他呀，他是学校里的明星人物了。

董振森打心底喜欢这种一鸣惊人的轰动效应，他陶醉在大家的掌声之中。他闭上眼睛想：如果一开始大家就知道我会唱歌，效果不会这样好。

第二天，教音乐的王老师找到董振森，要他参加学校的合唱团。说准备培养他当领唱，还说他有音乐天赋，难得有这样好的嗓子，问董振森有没有过倒嗓子的事。董振森说，去年有段时间他的嗓子出了毛病，说话沙哑。

音乐老师说那不是嗓子出毛病，是变音，每个人都要经历的。经过了这个阶段的人，嗓子基本上就定来了。那更好，既然有这样好的先天条件，是不是想往这个方面发展？

发展不发展，董振森以前没想过，好像那是遥远的事，现在用不着这么早操心，老师现在这样一提，他心里一动，想想自己数学不行，当科学家没希望，搞文艺也是条出路。不过，这事他知道自己做不了主。再说，现在才初中二年级，到高三再考虑不迟。现在参加学校合唱团是可以的，这是个光彩的事，多少人想参加合唱团，人家还不要。董振森估计爸爸妈妈不会反对。自己以前参加这个团那个班，家里从来没有反对过。

回家路上，董振森觉得没什么事可告诉妈妈，苏霞一问，他就随口把老师让他参加合唱团的事说了，妈妈偏过头来紧张地问他："你答应了？"

"答应了。"

"不行！这个合唱团你不能参加。"

"这用不了多少时间，他们只有星期六上午才排练。"董振森知道妈妈是怕他占用学习时间去排练，耽误学习。

"你现在是二年级，到了三年级，你才知道你会有多忙。明天你跟老师说你不参加。"从前，苏霞怎么说，董振森就怎么做。她认为这次也会是这样，没有把自己的看法详细告诉董振森，简单粗暴地命令他不要参加合唱团。

她没有想到，董振森已经悄悄地长大了，他现在是初中二年级的学生了，他的心目中，父母的意志在淡化，自我意识正在成长。他没有像以往一样，听从妈妈的吩咐，而是坚持按自己的想法做。他认为参加合唱团挺好玩，能够调剂自己枯燥的学习生活。而且他很享受站在舞台上的感受，当全场人目光聚焦在自己身上时，他有种从未有过的骄傲和满足感。谢幕时的掌声给了他鼓励，一直在自己的耳边回响，像做梦一样浪漫。他想：也许去参加排练、演出，学习功课的效率反而会更高。他不敢明目张胆反抗妈妈，但是，他自作主张，没有退离合唱团。

洞庭中学为了活跃学生课余生活，也为了让学生在快乐中学习，又准备举办英语比赛。一个班派出一个小组，每个小组五个人，代表自己所在班参赛。

二年级二班的五个人选出来了。其中差点没有董振森，因为董振森的英语成绩排在了五六名。是英语课代表主张，董振森才进了这个小组。

有的同学有意见，说什么事都让董振森露脸，也应该给其他同学机会。他刚在联欢会上出了风头，为什么又让他参加英语小组。

英语课代表说："你们这就不公平了。联欢会上是大家谁都不愿去，求他去，他才去的。是他为班级争取了荣誉，他应该有功劳。"

同学们一想，也是的。当时二班男生没有节目可上，董振森可是为了班级名誉才硬着头皮上的。开始也没想到他会唱得这么好，有的同学还等着看笑话。

这样一来，董振森星期六整天都不在家。上午去合唱团排练，下午到学校和其他四个同学练习英语会话。本来英语小组的英语会话也安排在上午，因为董振森要去合唱团排练才改在下午，算是照顾他。他们四个人让董振森请客，说为了董振森，他们改了排练时间，应该谢谢他们。

董振森答应英语比赛得了名次他就请客，请大家去夜市吃烧烤。

为了这次比赛，董振森几乎天天晚上十一二点钟才睡。各科作业要做到十点多钟，做完作业之后才能练习英语会话的口语。

妈妈心疼他，每天晚上总要弄点吃的东西送进去。董振森反而嫌她进来打断了他的思路，说她讨厌。

董兴国有时回来得很晚，看见儿子还在学习，非常高兴。他知趣，从不进去打扰他，动作特别轻，尽量不发出声音。

英语比赛，二年级二班没有得到名次，主要是训练时，有个同学不够用心，舍不得下功夫。英语这东西，没有别的巧，也没有捷径，要的就是花时间去练，这个同学拖了小组的后腿。董振森对这事没办法，这不是他一个人下力气能做到的事。

大家都非常沮丧，董振森还是要请大家去吃烧烤，谁也不肯去，没有心情。

又有消息传来，说市教委准备在五一期间举办"走向世界"初中英语大赛。每个学校派一个代表队参赛。这可是个锻炼自己的好机会，人人都想参加。名单公布后，董振森居然榜上有名，大家非常不满。大家认为董振森不够格，他在学校的比赛中都没有得到名次，没有资格代表学校到市里去参赛，这又不是开玩笑。

学校老师有他们的想法。不错，一个代表队出去，就代表一个学校的形象。不但要求队员的英语水平高，也要考虑他的综合素质。董振森读英语特别好听，上次学校英语比赛，他一开口，就让人耳目一新，由衷喜欢，老师考虑，让他参赛或许能出奇制胜。说白了，董振森颜值高，又表现好，老师喜欢他，其中也有偏心他的成分。

这个消息让苏霞兴奋，她比董振森更高兴。等丈夫回家，她马上把这个好消息告诉了董兴国。董兴国也很高兴。他让苏霞把其他事情放一放，尽全力帮助董振森。

苏霞这几天忙着打听关于市英语大赛的事宜。有人告诉她，这次大赛是教委组织的，目的在于促进初中的英语教学。因为，很多迹象表明，本市的初中英语教学情况不容乐观，学生基础没打好，拖了高中英语教学工作的后腿。

董振森他们学校参赛小组定在每周六上午在学校集中训练，由学校的英语老师辅导。

这下撞车了，合唱团是星期六上午排练，参赛小组也是星期六上午训练，董振森只能选择参加英语小组练习。

这次能参加学校的英语小组，董振森既高兴又忐忑不安。因为学校比赛他们班没有拿到名次，自己参加学校小组好像不是那样名正言顺，有点像偷来的东西，不能见阳光一样。要依董振森的脾气，这个学校参赛小组自己就不去，以后凭自己的实力再参加。但是，自己不去，别人会以为是学校剔除了自己，更没有面子。硬着头皮上吧。

苏霞对董振森的英语比赛显露出不比寻常的关心。星期六早上，她一反平常双休日睡懒觉的习惯，比董振森起得还早，细心地为董振森准备好早餐，然后开车送董振森去训练。董振森上课时，她居然坐在小车里面等，难得有这样的耐心。

董振森压力很大，他认为自己基础不如别人，别人是班上的一二名,自己的英语在班上比不上课代表,比不上王胜,比不上赵毅,考得好是四五名,考得不好到了七八名。所以,他特别用功。

参赛小组的辅导老师也很负责,除了每个星期六辅导他们之外,还布置了好多作业,几乎全是读的。

离大赛只有最后三天了,参赛小组进行强化训练。每天放学以后留下来练习。苏霞每天等儿子,多晚也不烦。

大赛在一中的室内体育场举行。

早上起来,董振森才知道爸爸妈妈今天都去旁听大赛。他们从哪儿弄来的入场券?真是神通广大。董振森顾不上想这么多,他现在很紧张,害怕夺不到奖杯,辜负了全校师生的信任。

全市有十二所公办中学,三所私立中学,一共十五所中学参赛,那就是十五个代表队。当全体参赛选手踩着音乐的拍节入场时,全场的目光都集中到了宏伟中学的队员身上。

他们学校的选手一色的藏青色西装,每个人都合身得体,看样子都是量身定做的,一色的黑皮鞋,锃亮发光。一色的白衬衣被红领带衬托得雪白雪白。男生一色的平头,女生一色的马尾辫。站在体育馆正中央,他们一下就显示出与其他十四个队的不同。

其他队选手基本上穿的是校服，虽然也统一但新旧不一，而且都是那种没有收腰，没有放摆，上下一样大，不贴身的运动服式的。

董振森本来一边走一边在心里默默地背英语句子，看到大家脸都扭向一边，不知发生了什么事。当他弄清了大家在看什么时，眼睛不由得一亮。宏伟代表队确实因为崭新的服装显得斗志昂扬。

"真酷！"有人羡慕。

"他们的服装是自己花钱买的，还是学校配发的？"

"他们是'贵族'学校，学费收得高，有钱呗。"有人语气酸溜溜的。

"收多少？"

"一个学期一万。"

这么高的学费让董振森吓了一跳。自己每个学期的学费只有几百块钱。

董振森心里说：又不是服装节比服装，这是英语大赛，如果拿不到名次，穿得这样豪华，看你们怎么退场。

比赛开始了。第一个议程是每个队派一个人去抽签，然后根据抽到的数字安排出场顺序。

洞庭中学派一个三年级的同学去了。那是他们队最有实力的队员。

第一个回合淘汰了五个队。洞庭中学队和宏伟中学队都没有被淘汰出局。第一回合结束后休息十分钟。

这宝贵的十分钟里，各队的辅导老师都在给自己的队员支招。董振森偷看了宏伟队一眼，发现他们学校的辅导员是外籍教师，黄头发，蓝眼睛。董振森想，难怪他们刚才得分那样高，外国人教英语当然比中国人教英语地道。

第二个回合又要淘汰五个队。

这次也是派一个队员去抽签，抽到谁，谁就去回答评委席上老师的提问。

洞庭中学队这次派了一个叫黄丽的女生出场。这个女生的妈妈是学校的英语老师，黄丽的英语口语应该比一般同学好很多。

可是黄丽因为紧张，发挥不如人意。她没有听清老师的提问，要老师重复说了一遍。回答时，又结结巴巴。几个评委的分都打得很低。董振森担心会被淘汰。结果不幸被董振森猜中，洞庭中学队第二个回合被淘汰出局，没进入决赛。

宏伟中学队仍然没有被淘汰，这让董振森耿耿于怀，非常不满。

又休息十分钟。董振森他们队已经被淘汰,反正没戏了,老师也不来辅导他们了。他们干脆安心看别的队表演。

那两个外籍老师又到了宏伟中学队中间,叽叽喳喳不知道说什么。只见他们一会儿耸耸肩膀,一会儿拍拍手掌,一会儿又哈哈笑,显得十轻松活跃。

第三个回合只有五个队比赛。这也是最后一轮比赛。这次要定出一二三名来。

这次英语大赛的结果让董振森非常不高兴。因为,那个他不看好的宏伟中学队居然夺得了冠军。

散场时,董振森只见到了妈妈,没有看见爸爸。妈妈说爸爸有事提前走了。董振森知道,洞庭中学队淘汰了,自己不会上场了,爸爸没有兴趣看别人的竞赛。

董振森很不好意思,妈妈陪了他这么多天,到头来自己只是个板凳队员,坐在那儿,没有露过脸。他想了半天,说:"要是黄丽不出错,第三场我就有可能上场了。"

妈妈安慰董振森说:"没关系,我们只不过来锻炼锻炼,我们还是二年级学生,三年级再说。"

苏霞又腾出手来拍了拍儿子的肩膀,说:"不怪你,你们学校的英语师资力量太差了。你看人家宏伟中学,请的是外籍教师。"

董振森以为这事就这样过去了。

晚上，爸爸回来了。他和妈妈一道进了董振森的房间。爸爸的表情很严肃。他坐下来说："我很忙，本来今天晚上有应酬，但我没去。钱挣多了有什么用，儿子的学习才是大事。"他咳嗽了一下，接着说："你越来越大了，应该是越来越懂事。可你是越来越不听话了。"

本来低着头的董振森猛一抬头，虽然他没说话，但他的神态和肢体语言在说：我怎么不听话了？

爸爸捕捉到了他的表情，说："你还别不服气。我还真没乱说。你参加学校合唱团了？"

董振森没说话，理亏。

"你妈妈不是让你别参加？你听了她的话吗？一个人的精力是有限的，你马上要三年级了，时间多宝贵，你把它花在了你不应该花的地方。唱唱跳跳是女孩子的事，一个男孩子，干吗去练唱歌，没事干了？把那些练唱歌的时间花在学习上多好。"

董振森正要解释，参加合唱团并没有耽误多少时间。

但爸爸用手势制止了他，命令他说："明天跟老师说，你不参加合唱团了。老师要是不肯，你就说我说的。再跟你打个招呼，下个学期，我们会给你转学，让你到宏伟中学去读书。初中只有一年时间了，基础要打好。"

"为什么呀？"爸爸总算没说话了，董振森低声咕哝了一句。

"你们学校师资力量不行，你看人家学校，英语用的是外教。那发音当然标准，你们英语老师的女儿说话都结结巴巴，其他学生更不用说了。"说完爸爸起身走了，好像有事很着急的样子。

董振森沉着脸，低着头，一言不发。他心里想：现在轮到妈妈做工作了。

果然，妈妈说话了："你爸爸这段时间特别忙，可他心里最关心的是你的学习。这不，他今天放下了好多事去看你比赛，晚上又和你谈话。"

这样的话让董振森生厌，但他忍受惯了，不出声，心里想着别的事。

董振森不知道妈妈说了些什么，也不知道她说了多长时间，到她走的时候，他已经瞌睡了。

心理医生说：

　　期望值过高是家长在家庭教育中较为普遍的心理误区。有的家长恨不得自己的孩子次次考第一，门门功课比别的孩子好。有的家长要求孩子同时上好几个课外辅导班，学习钢琴、书法、外语、武术等技能。真是恨不得孩子样样都会，是个全能人才。这样做过于功利，家长们忽视了孩子的个人爱好和兴趣，根本没有考虑怎样去发挥孩子的特长。

　　家庭教育的目标要根据孩子本身的特点和兴趣来制订，同时也要适合社会发展的需要。各个家庭的实际情况，孩子的智力水平、特长爱好不一样，也不是同种程度均衡发展的。因此各个家庭的目标就不会相同，对孩子现阶段的文化学习和将来的就业要求也就一定有差异。如果家长定的目标过高，使孩子压力大而产生逆反心理，不仅起不到激励作用，还会让孩子无所适从，丧失自信心，不利于孩子成长。

　　所以，家长要和孩子一起制订学习目标，而且，一定要根据孩子自身的条件、兴趣爱好来制订，不能一味根据家长的想法来制订，更不能家长说了算，来个一言堂。

  董振森一进中学就感到数学难学,对它产生畏惧心理,形成了自己学不好数学的心理暗示。这时,家长没有采取切实可行的补救措施,没有帮助他分析数学难学的原因,只知道催促他奋进,使他茫然不知所措。

5 莫名其妙的是非

董兴国让董振森转学有两个原因。一个是他说过的，他认为公办学校师资力量不行，好老师有，但参差不齐。谁知道教董振森课的老师是不是好老师。但私立学校不同，他们收费高，资金雄厚，聘请的教师大多是精英，比较优秀。钱对董兴国来说不是问题，花再多的钱他也愿意，只要能让儿子受到最好的教育。第二个原因是他要让董振森离开合唱团。历来，他认为唱唱跳跳不是正经学问，不是真正本事，成不了气候。他不喜欢儿子搞文艺。他知道儿子像自己，心里有股狠劲，要干的事别人怎么说都没用。你让他离开合唱团，他不一定照你说的办。一旦他离开这个学校，自然也就离开了合唱团。他自以为这是治本的好办法，还省事。

董兴国对儿子也像对公司的职员一样，什么都是他说了算，以他的意志为准则，不允许别人有自己的想法。

原先，爸爸是董振森心目中的偶像，他习惯了爸爸这种专横武断的性格，对爸爸唯命是从，什么都按爸爸的指示办，从来没有反抗过。但现在董振森已经十三岁了，正处在一个认知自己，审视别人，对什么都问一个为什么的年龄阶段，他不会像过去一样，对爸爸的要求连想都不想就去执行。

董兴国要董振森转学，让董振森好几个晚上睡不好。董振森躺在床上百思不得其解，在这所学校读得好好的，学习成绩也不错，虽说不能像在小学一样，次次拿第一，但总在前五名里面。为什么要转到另一所学校去？自己在这所学校表现不错，还是德育示范生，相片都放在宣传窗里，一进校门就能看见，那是多荣耀的事，你做爸爸的难道不觉得光荣吗？而且这里的老师对我特别关心，还经常和爸爸妈妈通电话，通报自己在学校的情况。真像爸爸说的那样，这所学校的师资力量不强吗？老师的水平怎么也比我们高，教我绰绰有余，这不就结了？是不是这次英语比赛我们被淘汰，爸爸见宏伟中学夺了冠军，就要把我放到他们学校去？不会吧，爸爸不会是这样肤浅的人吧？一

莫名其妙的是非

次比赛能说明什么？也许他们这次夺冠有偶然的成分……

董振森第一次对爸爸的看法产生怀疑，也就是说，爸爸在董振森心目中的地位开始动摇。

这两个月里，董振森学习生活和平常一样，照样上课，照样值日，照样去排练。关于自己要转学的事，他跟谁都没说。何灿辉好几次看出董振林心里有事，让董振森告诉他。董振森也觉得这样闷在心里不是事，如果不把它告诉一个人，这事就像一块石头一样堵在心里，让自己呼吸不畅，消化不良。当他正要开口说的一刹那，他情绪突然低落，又懒得说了。

爸爸不让他去参加合唱团的排练，他没有当面抵抗，却照旧星期六上午去合唱团。他觉得，只有当他唱歌的时候，烦恼才离开了他，心里的郁闷才随着歌声被排解掉，才感到全身心轻松。

那天，音乐老师说市文联要在国庆节举办主题为"我爱祖国"的文艺汇演。他们学校准备了一台大合唱，想让董振森担任男领唱。董振森半天没有说话，他在想：我现在接受了这个任务，到时候转学了，他们又要挑人换人。但他又不能拒绝，一拒绝，老师肯定要问原因，自己还要在这儿读一个月，怎么处理关系？老师以为他默许了，第二天把乐谱给他送来了。

　　终于，这个学期结束了。董振森知道，虽然爸爸再没有和他说起过转学的事，但这事一定已经办好了。爸爸就是这样的人，说出口了的事，没有办不到的。下个学期自己就要到另一所学校上学了。他在心里默默地说：别了，老师。别了，同学们。别了，亲爱的学校。

　　这天晚上，他突然幻想：自己要是一夜之间就长大了那多好，那就可以不听从爸爸妈妈的摆布，自己的事自己做主，下个学期就不用转到宏伟中学去，仍然在洞庭中学上学。他熟悉了这儿的环境，哪儿是教学大楼，哪儿是礼堂，哪儿是二班的教室，闭上眼睛都能找到。熟悉了这里的老师，吕老师是班主任，她特别爱笑；刘老师教数学，他的口头禅是"那么那么的话"；校长很严肃，但有时也和大家打成一片。熟悉了这里的同学，文娱委员快言快语，说一不二。英语课代表深得同学们信任……

　　谁知道去了宏伟中学会怎么样，自己能不能像在洞庭中学一样受到同学们的信任，受到老师的偏爱……

　　董振森又想，爸爸妈妈宁肯花这么多钱，送自己上宏伟中学，他们一定有他们的道理，是自己一时还理解不了。也许他们是对的……

莫名其妙的是非

这个晚上董振森在床上烙饼,翻来覆去睡不着觉。眼皮很沉,想睡就是睡不着。越是这样,心里越烦,越烦越睡不着。恶性循环。到快天亮了,才迷糊了一会儿。

这个暑假,董振森哪儿也没去。爸爸很忙,回来了也不和董振森说什么。偶尔随便问一问:"董振森,你还好吧?"

董振森觉得他问的时候心不在焉,自己回答不回答都没问题。果然,爸爸并没有等他回答就走了。董振森有一种不被人重视的失落感,很郁闷。

妈妈像吃错了什么药,天天逼着董振森读英语课文,听英语光盘。

合唱团办了个音乐夏令营,妈妈也不让董振森和他们一块儿去,说外面乱,老师少,照顾不来,怕出意外。董振森明白爸爸妈妈不许他花时间去学音乐。有时他坐在桌子前面什么也干不了,看书不知书上讲什么,听英语光盘,这只耳朵进,那只耳朵出,没在脑子里留下一点痕迹。他常揣测,合唱团的人现在正在干什么?爬山?游泳?或者在排练节目?

何灿辉来过几次,被董振森的妈妈关在门外不让进来,她不喜欢嘻嘻哈哈、一点也不严肃的何灿辉,怕他把董振森带坏了。后来何灿辉就不来了。董振森百无聊赖，干脆睡觉。最后妈妈同意董振森一天玩一个小时电脑，条件是不准和何灿辉搅在一起。

电脑游戏真的好玩，一个小时上网的时间，一眨眼就过去了。如果董振森不自觉，妈妈就会在另一间房子里把网线拔了。

洞庭中学开学了，爸爸没有让董振森去上学。

董振森估计爸爸会出面和自己谈一次话，然后送自己到宏伟中学去。

董振森算是摸透了爸爸妈妈的脾气。果然，那天爸爸没有去上班，坐在客厅里等董振森。他对董振森说："昨天，我去洞庭中学给你办了转学手续。明天，你就和妈妈一起到宏伟中学去报到，以后就在宏伟中学上学。他们也已经开学了。爸爸妈妈这样做是为你好。你现在不理解，长大了就会理解。这个学校的学生家里经济条件都比较好，你去了不要和别人比吃比穿，只和别人比成绩。私立学校的老师都是经过挑选的，个个专业学得好，又有经验，是拔尖的好老师。你要好好把握三年级这一年。争取考上重点高中。"

他再一次强调要考上重点中学，又给董振森敲了一次

莫名其妙的是非

警钟，下了一道"圣旨"。

董兴国想了一下又说："忘了告诉你，宏伟中学是所寄宿学校，实行封闭式教学，两个星期才能回来一次。也好，妈妈下班以后也能休息休息，用不着照顾你。"

董振森心里嘀咕："是不是妈妈太累了，想休息，就把我赶到寄宿学校去？"

第二天，董振森和妈妈来到了宏伟中学。董振森被编在三年级一班。

班主任王老师带董振森去领了被褥和校服，又送他到宿舍。妈妈帮他铺好床，放好日常用品，把一个旅行箱放在一旁，告诉他："你的换洗衣服在里面，换下来的衣服，丢在箱子里面，两个星期后带回来，我洗。"

董振森没说话，心想：别人怎么办我就怎么办。

这时王老师在旁边说："外面有一排格子，你把你的脏衣服放在你的格子里，员工洗好后又会给送回来，不用拿回去洗。"

苏霞说："学校还想得挺周到的。"

妈妈走后，王老师带着董振森来到了一班。这时正在上语文课。王老师带着董振森从前门进去。

语文老师见班主任带学生来了，就停下课，站在旁边。

这样，王老师和董振森就站到了讲台中央。王老师向全班同学介绍说："大家来认识一下，这是我们班新来的董振森同学。他是从洞庭中学转过来的。大家欢迎。"说完王老师带头拍手。

台下只有两个女生响应王老师的号召，拍了两下手。有一个男生拍着桌子。

王老师又说："董振森同学在洞庭中学是德育示范生，三好学生，也是班长。"王老师没说完，台下响起了口哨声，那个拍桌子的男生拍得更起劲。

本来不敢看台下的董振森被口哨声激怒了，他突然抬头扫视台下，教室里的情况、全班同学的表情尽收眼底。

这个班没有洞庭中学那么多学生。洞庭中学一个班最少也有五十个人，这个班只有二三十个人，课桌摆得稀稀拉拉。也许是有的学生关系好走得近，把课桌扯在一起，这样教室里一点也不整齐，有茶楼的感觉。

男生穿的校服像部队的军服，不过不是草绿色，是藏青色，里面配上白衬衣，很庄重。女生的服装衣领比较大，像时装。不管男生女生的服装都裁剪得体，质地高档，使人显得很精神。

学生坐的姿势也是各式各样，有的趴在桌上，有的靠

莫名其妙的是非

在椅子上，有的斜靠在墙上，有的架着二郎腿，有的一边用笔敲着桌子一边摇晃着椅子。

同学们对董振森的到来反应不一，几个女生表示欢迎，用笑脸对着董振森。有几个男生是无所谓的态度，一脸冷漠。还有几个男生哂笑着，一脸坏主意的样子。一个男生对他眨眨眼，不知什么意思，欢迎？讥笑？

董振森再看看王老师，他好像对这些视而不见，或者是习惯了。

董振森的心情突然低落，他对自己将来如何和这些同学相处充满忧虑。说白了，董振森不喜欢这里的气氛，他好像一只小鸡，闯进了要下水去游泳的鸭群，不知所措。

因为董振森个子在这儿不算太高，所以座位编在靠墙的那组的中间。坐董振森后面的同学马上把自己的课桌往后移，让董振森好摆课桌。董振森对他笑笑，算是打招呼，也算是对他协助的感谢。

董振森一进一出几个来回，就发现这儿有几个男生的体魄明显比自己高大，像高中生甚至大学生。董振森怀疑，他们是不是跟自己一个年龄段的。

董振森暗暗下决心，打算今后用实际行动告诉同学们，自己是个好学生，慢慢让同学们接受自己，喜欢自己，信任自己。

第二天,王老师宣布,班上一个学生转学了,那个学生担任的生活委员由董振森接替。董振森本能地拒绝说:"我对这儿的情况还不了解,还是选别的同学吧。"

王老师以为他谦虚,说:"你一个当过班长的人,当生活委员屈才了。别推辞了,好好地为全班同学服务吧。大家欢迎。"

教室里没有响起董振森期待的掌声,反而口哨声、拍桌子的声音四起。王老师忙做手势让大家停下来。这让董振森十分不快,他的犟劲上来了,心里说:我还就要当好这个生活委员,让你们别小看我。

生活委员要管班上的卫生。

放学后,董振森按照墙上的值日生表,要今天值日的同学留下来打扫卫生。

结果,只有一个女同学留下来了。她站在那儿一只手叉着腰,说:"喂,领导,怎么只有我一个人?"

"我不认识人,也不知道谁没来。"董振森站在门口说。

"要我一个人扫是不是太冤了。你不能让老实人吃亏。你把其他人叫来了,我再来。"说完扬长而去。

董振森没办法,只好自己扫。一个人又搬桌椅又扫地,

莫名其妙的是非

速度很慢。学校检查卫生的学生会干部来了，董振森还在扫，而且扫得不干净。

"今天怎么只有你一个人值日？"学生会干部问。

"他们有事走了，我会干完的。"董振森回答。

等董振森扫完地去吃饭，食堂要关门了，他只能吃剩下的白菜。他坐在餐桌前觉得窝囊，气鼓鼓的，冲到宿舍里去了。

这个学校的住宿条件很好，家具比较高档、人性化。每个人都有自己的柜子、书桌、台灯。床头也安了床头灯，非常方便、实用。

董振森在家一个人一间房子，关上门，谁也管不着他在干什么。这里四个人一间房，虽说每人一张床，但共用一个洗手间。四个人基本没有秘密可言。下了晚自习，董振森回到宿舍，澡也没洗，就躲到床上去了。反正睡不着，他就干脆不睡想对策。那天晚上，董振森没睡多长时间。

第二天，董振森把值日生表上昨天应该扫地的同学的名字抄了下来，又把今天应该扫地的同学的名字抄了下来。下了课，他一个一个地找。昨天没扫地的同学有的说自己忘记了，对不起，有的说自己走得早，没听见董振森念自己的名字，不过态度都挺好的，异口同声谢谢董振森帮他们扫了教室。董振森总觉得他们是在戏弄自己，但他不露声色，心里说，我会有办法的。

接下来他一个一个通知今天值日的同学，郑重其事地告诉他们，他会和他们一道值日。如果今天应该扫地的同学没扫地，罚他下周扫一个星期。这样来回通知，董振森马上认识了十来个同学，也算是收获。

人就怕认真，董振森一认真，同学们也就不敢违规。当天值日的同学一个也没缺，大家同心协力一会儿工夫就把教室打扫得干干净净。董振森只当监工，没有动手。他心里的一口气总算顺了。

这件事让全班的同学领教了董振森的厉害。

两周之后，数学单元考试，董振森得了满分。全班得满分的只有几个人。老师叫董振森上台拿卷子，董振森拿到卷子时一反常态，一点也不谦虚，拿着卷子大摇大摆地回到座位上。他看到坐在后面的几个大个子一脸的沮丧，他们都没有及格。另外一些数学没有及格的同学也对他客气了三分。

董振森心情有点好转，下课了开始在教室里走动，对已经认识的同学笑笑。

这段时间，董振森在努力熟悉周围的同学，特别是和自己同宿舍的三个人。

这三个人中,有一个叫黄晶,个子和自己差不多,他首先向董振森表示友好,董振森不知道的事,他主动告诉董振森,比如餐票可以用来在小卖部买东西,因为家长一般不给孩子很多的零花钱,但吃饭的钱给得足,学生就可以把饭钱当成零花钱使。比如洗澡最好最后洗,先到球场上去玩,洗澡的人多的时候,龙头里的水时有时断,洗起来不畅快,快到上晚自习时间了再去洗澡,就是迟到了,老师也不追究。

最后,他告诉董振森,他们这个班是让学校老师最头痛的班,因为这个班有几个刺头,他们成绩不好,读书不上进,个头又大,经常在班上闹事。学校看在他们父母不但交学费,而且每个学期交赞助费的分上,没有开除他们。他们不是来读书的,是来混日子的,根本不认真学习,只看怎样好玩。

正说着,一个同学进来了,黄晶马上闭嘴不说话了。

后来,董振森搞清楚了,另外两个同学,一个叫谢宗淅,一个叫龚震江。他们两个个子高,比董振森差不多高了半个头,两个人关系特别好,同进同出,上食堂吃饭都是一个人排队买饭,一个人去占座位,吃的时候也不分你我。

那个龚震江，就是那天拍桌子的人。董振森怎么看他也不像个学生。一脸的横肉，高低不平的肉块上尽是青春痘，好像没有洗干净一样。给人一种不清爽的感觉。

回到宿舍，黄晶基本上不说话，只是默默地做自己的事，完了就上床睡觉。不过到了关灯的时候，他没有忘记给董振森摇摇手，道个晚安。

龚震江和谢宗淅好像是这个宿舍的真正主人，并且宿舍里不存在董振森和黄晶这两个人，他们大声说话，说到有趣处，哈哈大笑，做其他事也不顾及董振森和黄晶。

他们说的话一般都是自己又买了名牌鞋子，一千六百多块钱。买了T恤，两千多块钱。互相交流自己星期天回去从父母那儿弄钱的经验。说怎么和父母作对，怎么捉弄老师，怎么和某某同学吵架。要不就在宿舍里吃零食，甚至偷偷喝啤酒。学校小卖部不卖酒，不知他们从哪儿弄来的。

董振森睡在床上，这些话不想听也不行，听着听着就对龚震江他们产生反感。以后，龚震江不理董振森，董振森也不想理他们。

一天，董振森一进宿舍就闻到一股烟味，可宿舍里没有人。他正纳闷，哪儿来的烟呢？忽然听见洗手间有人说话。原来是谢宗淅和龚震江躲在里面抽烟。

董兴国不抽烟，苏霞也不抽烟，平时二人也常说抽烟是坏毛病，董振森偏执地认为好人不抽烟，现在看见他们抽烟，心里特别厌恶，更加不愿意和他们为伍。

董振森觉得，黄晶是个可以交往的好学生，再说，他也受龚震江的欺负。于是，他一回宿舍只和黄晶说话，遇到什么有趣的事也告诉黄晶。两个人很亲热。无形中宿舍四个人成了两派。董振森团结黄晶，要和龚震江他们抗衡。

董振森告诉黄晶，没事尽量少回宿舍，咱们不和他们闹，躲开他们。

但董振森和黄晶越是让着龚震江，龚震江越是以为他们害怕自己，洋洋得意，得寸进尺，在宿舍里为所欲为。龚震江要洗澡，不管谁正在洗，都得让给他。哪怕你已经脱了衣服，他也照样把你赶出来。他从来不打热水，洗脸时就用别人的热水。他从来不打扫房间，到处乱扔垃圾。董振森带来的篮球，他当成自己的一样，他甚至用董振森的洗澡毛巾擦皮鞋。

这一切董振森都忍了下来，他想：这都是小事，学习才是大事，我可是要考重点中学的人，没时间和他纠缠。

董振森不理龚震江，龚震江却要招惹董振森。一天，龚震江在宿舍里大声嚷嚷，说他的平板电脑不见了。黄晶害怕，连忙申明自己没有拿，他越解释，龚震江越是声色俱厉，好像发生了什么大事。

董振森不理会龚震江，既不解释，也不生气，把行李箱和柜子的钥匙丢在桌子上，走了，到教室里去了。

那天要化学考试，龚震江对董振森说："喂，哥们，今天考试的时候把答案写在纸条上丢给我。"他坐在董振森的后面，只隔了两个同学。

董振森很不受用，本来想说"凭什么"，但他没有这样说，只说："我的答案不一定正确，你找别人吧。"他不想和他发生矛盾，惹上不必要的麻烦。

谁知龚震江说："没关系，我知道你会及格，只要及格，我爸爸就不会找我的麻烦。"

董振森没有说话，到教室里去了。后面传来龚震江的叫声："别忘记了，我会犒赏你的。"

董振森理都不理他，更没有回头。

化学考试时，教室里鸦雀无声，董振森专心致志做题目，他把龚震江的话丢到脑后去了。他做完最后一道题，抬手看了看电子表，还差十分钟下课。他从小就养成了好习惯，做题时认真，不需要检查。他吐了一口气，无意中伸了一个懒腰，这时他突然想起了龚震江的话，下意识往后回了一下头。这一回头让他后悔莫及，因为，龚震江正朝他做手势，让他把答案传给他。如果不回头，以后龚震江问起来，自己可以搪塞他说，题目太多，自己都来不及做完，没有时间给他抄。现在分明是自己已经做完了。但董振森打算明白地告诉龚震江，自己不能做舞弊的事。于是他装模作样把试卷看了又看，磨磨蹭蹭拖到打下课铃才交卷。

果然，下了课，龚震江找来了。他气势汹汹地对董振森说："你有时间为什么不帮我？"

"是有时间，但我帮不了。这是舞弊，老师看见了，我们两个人都要受处分。"董振森本来要说，你受处分不要紧，不能害得我受处分，我可是好学生，从未受过处分。话到嘴边了，他还是没有说。

"那你当初不应该答应我。"龚震江气焰下来了一点，但还是抓住他不放。

"谁答应你了？我当时怎么说的？"董振森可不怕他。他不乱说话，说出来的话有分量。

龚震江回想一下，董振森当时是没有说话，他只好说："算你狠，下次你有事求我，别说我翻脸不认人。"

"我是吃饭长大的，又不是吓大的。"董振森针锋相对。

接下来考试不断，又是语文，又是数学，又是生物，又是英语。只要是考试，董振森门门都名列前茅，最后总分是全班第五名。

每门功课的科任老师作阶段总结时，都要表扬董振森学习刻苦，要大家向他学习，同时不点名地批评没有及格的同学。老师为了刺激这些后进生，话说得很刻薄，也确实伤人自尊。

董振森有点飘飘然了，心里盘算，这下应该把同学们镇住了，以后的日子会好过一些。

董振森在班上的威信确实一天比一天高，现在不用他去安排，每天值日的同学把教室打扫得干干净净。偶尔有人真的忘记了，他会到董振森这儿来承认错误，下一天补扫。

班长有什么事也愿意和董振森商量，元旦有同学要求开班级联欢会，班长拿不定主意，就来请教董振森。

董振森告诉他，要求开联欢晚会的只有两个人，大部分同学都想回去和爸爸妈妈团聚。再说，元旦三天假，家里肯定都安排了活动，这个联欢晚会办不起来，要办就得提前办。班长认为董振森说得在理，于是提前一个星期办

莫名其妙的是非

了联欢晚会。

晚会上，董振森又唱了那首《青藏高原》。获得了一阵热烈的掌声。

董振森一次又一次向大家鞠躬致谢。当他抬起头时，发现远远的角落里，一双眼睛带着敌意瞪着他。他心里一惊，定睛一看，那人是龚震江。

晚会散了，董振森帮班长收拾教室，明天要继续上课。所以，他比其他同学走得迟。当他回到宿舍时，宿舍的门被反锁了。一开始，他怕吵醒别人，只能轻轻地叫，但没有人回应，他只好大声叫黄晶。

叫了好久，黄晶在里面说："他们不许我开门。哎哟！"显然，他挨了打。

这时值日老师过来了，用钥匙打开了门。龚震江和谢宗浙装着睡着了，不吭声，黄晶说："他们不许我开门，不许我说话。我刚才说了一句话，就挨了一拳。"

值日老师见董振森已经上了床，认为没事了，就走了。

第二天午休时，董振森吃了饭，准备到宿舍里去拿点东西。刚走到宿舍大楼下面，过来几个高大健壮的男同学，董振森不认识他们。他们分成两伙，一伙在前，一伙在后。当董振森经过他们身边的时候，有一个人喊："打！"

前面一伙人回过身来，其中一个大个子冲上来，一只手抓住董振森的衣领，一只手卡在董振森的腰上，用脚一扫，就把董振森摔倒在地。董振森甚至不知道自己怎么一下就躺在地上了。另一个人上来，抓住董振森的头发，左右开弓，打了他几个耳光。又有人上来踢了他几脚。

董振森爬起来，摸着出了血的嘴巴，问："你们干什么？"

大个子说："你打了我们的同学，我们是来报仇的。"

"我打谁了？"

"你自己心里清楚。"

"你污蔑人，我从来不和人打架。"

"你还嘴硬，敢不承认。"大个子又上来推了董振森一下，董振森没站稳，又摔倒在地上。大个子一只脚踩在董振森的胸口上，说："你认不认罪？"

这时，好多同学围观，可是没有一个人出来制止大个子，也没有一个人去报告老师。

董振森拼命挣扎，从大个子的脚下爬起来，气喘吁吁，满脸通红。他又羞又气，又无可奈何，脑子里飞快地转动，自己和对方力量悬殊，他们有四个人，自己只有一个人，打是肯定打不赢，但还是要拼一下，不然自己在学校怎么做人。他攥紧拳头，准备和他们拼命。

这时，有人喊："老师来了！"远远地，真有一个女老师走了过来。

大家这才一哄而散。

大个子临走还不忘记警告董振森："你要敢告诉老师，我下次打断你的腿。"

心理老师说：

董振森在洞庭中学是品学兼优的好学生，老师以他为榜样，号召同学向他学习。家长以他为模范，教育自己的孩子。同学们喜欢他团结他，他在这样的环境里只考虑怎样把学习成绩提升上去，没有别的烦恼。

可是，一次英语比赛，董振森参加的集体没有在市里拿到名次，就让董兴国感到问题严重。他的内心深处要求董振森向更高的层次发展。他主观地认为，洞庭中学的师资力量不强，不能让儿子实现他的期望。他认为宏伟学校的师资力量更强，教学质量更好，也为了不让董振森搞音乐，离开合唱团，不顾董振森自身的感受和适应能力，只按自己的意志办事，强行把董振森转到一个陌生的学校。

在董兴国的意识里，自己所做的一切都是正确的。

在公司里,职工按他的意志办事,在家里他也想一切按他的意志办事。儿子董振森也要一切听从自己的指挥、安排,儿子到哪个学校去读书,都是他说了算,他没有想到要听听儿子的意见。

我坚决要求转学

这天晚上，董振森怎么也睡不着觉。

董振森长到这么大，从来没有遇到过这样的事情。从前，同学们之间也难免发生矛盾，少年气盛，有时也会动手动脚。但一般雷声大，雨点小，喊得厉害，手下留情。因为对方是自己的同学，有感情，下手不会太重，绝不会像今天这几个人打董振森一样下狠手。

让董振森莫名其妙的是，这四个打他的人，自己一个都不认识，更没有和他们打过交道，并没有什么过节。

他不停琢磨：自己到这儿没多久，也没有得罪什么人，这是为什么呢？突然，他想起龚震江凶恶的眼神。难道是龚震江找人打自己？他又想，没给龚震江递答案，这也不是自己的错，龚震江也不能因为这个找人打自己一顿呀。

最让董振森伤脑筋的是，今天看的人很多，自己的脸都丢尽了。一次又一次被人打倒在地，一次又一次被人踢，大个子的脚还踩在自己的胸口上。那样子要多狼狈有多狼狈。今后自己在前面走，后面肯定有人指背，说自己像狗一样被人打翻在地，还踏上一只脚。不明白真相的同学会以为自己也是个爱打架的人，打架双方都不对。谁来主持正义，谁来为自己说句公道话？！

董振森想去告诉老师。当他来到办公室时，有个同学在旁边看着他，他马上转身走了。他认为自己现在是中学生了，是个男子汉了，动不动就去找老师告状，要是被别人听见了，会成为笑柄。

董振森非常憋屈，一肚子火不知道怎样发泄。

第二天，董振森躲在宿舍里没有去做早操。等同学们快吃完了，他才去食堂吃饭。他像做了贼一样害怕和别人见面，下了课也坐在座位上，低着头，不敢看别人。有人对他笑一笑，他就觉得这个人昨天看见自己挨打，在讥笑自己。有人从他身边经过没理他，他就觉得这个同学看见他挨打，不知说什么好，干脆不理他。那边几个同学在说说笑笑，他就觉得这些人是在议论自己昨天挨打的事，好像他们还在指指点点。

他不敢看龚震江，他肯定幸灾乐祸，拍手称快。董振森不理龚震江，可龚震江下了课总是在董振森面前晃悠，有时还站在他的对面看着他。龚震江的表现让人捉摸不定，难道真的是他找人打自己？找人舞弊脸皮就够厚的了，别人不帮你干坏事，你应该脸红、惭愧，还好意思去打人家，太不讲理了吧？如果真的是他找人打自己，那自己该怎么办？去问他，他肯定不承认。谁知道这件事情的真相呢？

上课时，他像霜打的茄子，萎靡不振。

老师上课说了些什么，他一点也听不进去。他只想知道那个打他的大个子是哪个班的，叫什么名字。他要质问大个子，自己和他往日无仇，近日无冤，人都不认识，究竟为什么打自己。

上完最后一节课，他闷闷不乐地一个人坐在操场边上，离大伙远远的。他不知道该怎么办才好，如果不把这件事弄明白，不但窝囊，而且同学们也会看不起自己。

他正在那里冥思苦想，这时来了一个有点面熟的同学挨着董振森坐下，说："你不记得我了吧？我和你一起吃过饭的。"

"哦，难怪我觉得挺面熟的。"董振森敷衍道，他实在打不起精神，也记不起在哪儿看见过这个同学。

"我爸爸在农家乐饲料公司工作过，那次公司聚餐，你爸爸带你去了，我爸爸也带我去了。"

这么一说，董振森有点印象了，那次这个孩子还喝了酒。他爸爸说他天生就会喝酒。董兴国后来告诫儿子，说小孩子喝酒不是好事，不能跟他学。

"我叫李佑儒，别人都叫我小名，大志。"李佑儒自我介绍。

董振森不说话，这时，他心里特别不痛快，只想一个人待着，没有心情和别人聊天，他希望李佑儒快点离开。

可李佑儒就是不走，东拉西扯，董振森根本就没听进去。

最后，李佑儒说："那天戴晏雄他们打你，我也在场，但不能帮你。他们有一伙人，我一个人打不过他们。他们也太霸道了。"

这下董振森来了精神，眼睛一亮，问道："你说那个大个子叫戴晏雄？"

"是的。"

"他是哪个班的？"

"就是我们班的，三年级四班。"

"你还知道什么？"

从李佑儒的口里，董振森知道那个大个子叫戴晏雄。他的爸爸是税务局局长，希望他能考上高中，将来上大学。可是他门门功课不及格。他爸爸花了比别人更多的钱才把他安排到这所学校。他在这个学校已经读了五年了，还是没有考上高中。他爱打架，在学校里出了名。

董振森问李佑儒和戴晏雄的关系好不好。

李佑儒说反正是一个班的同学，谈不上好，但也没和他发生过冲突。

董振森拜托李佑儒，让他去问问戴晏雄，他们为什么事打自己。

李佑儒答应帮他去问。

第二天，李佑儒没有失信，真的去问了戴晏雄。戴晏雄说："他没有招惹我，但我看着他不顺眼。"

董振森听了这个回答，真是哭笑不得。看一个人不顺眼，就可以打他，这是什么理由？他不相信戴晏雄是为这个打他，他认为其中一定另有原因，戴晏雄不愿说。

董振森想当面直接问戴晏雄，是不是龚震江收买了他，让他来打自己。

董振森想和戴晏雄单独谈谈，沟通沟通，就托李佑儒去和戴晏雄说，约个时间见面。

戴晏雄回话说，谈谈可以，要过几天，近来他很忙。

董振森听了觉得好笑，一个学生，除了学习，有什么可忙的。戴晏雄他们这种爱打架的角色，恰恰又不爱学习。

好不容易到了放假的日子，这次放三天假。苏霞开车接董振森回家。

车上，苏霞问董振森，在这儿过得习惯吗？

董振森考虑要不要把自己无缘无故挨打的事告诉妈妈，半晌才回答说："还行吧。"

因为董振森回答得不干脆，苏霞马上把车子停在路边，追问："什么叫还行？"

董振森知道妈妈已经为自己做出了牺牲，差不多十年没有上班，现在好不容易走上工作岗位，压力很大，不能让她为自己继续担心。于是他说："还行就是各方面还过得去。我刚到一个新地方，需要有一个磨合期。"

妈妈听董振森这样说，就放心了，开车回家。

董振森一踏进家门，就产生了一种从来没有过的感觉，他第一次感到家是这样的温馨，这么有安全感，能生活在家里是多么的幸福。董振森回到自己的房间，把门一关，把书包一丢，四肢摊开，仰面躺在床上。他想：真舒服，真自由。这儿没有一双眼睛盯着我，没有像龚霞江那样的

我坚决要求转学

同学专门找我的麻烦，也没有像戴晏雄那样不讲理的人无缘无故打我。

董振森真不想去宏伟中学上学，恨不得马上离开宏伟中学，回到洞庭中学。但他知道爸爸的性格，他无论如何也拗不过爸爸。不过，他还是想试试。这是自己的事，也许爸爸能听得进自己的意见。

假期的前两天里，董振森哪儿也没去，专门享受这宁静的生活。

两天了，董振森还没有和爸爸打过照面。妈妈告诉董振森，现在不比从前，做饲料生意的人很多，市场竞争很激烈，稍有不慎，就全盘皆输。爸爸忙，晚上董振森睡了他还没有回来。早上董振森还没起来，他就走了。

到了第三天，下午就要归校了，爸爸还是没回来，董振森不得不和妈妈说自己想转回洞庭中学的事。

吃完中饭，妈妈收拾好房子，是她休息的时候了。这也是她最轻松的时候。她伸了个懒腰，坐在沙发里。

董振森过去挨着妈妈坐下，轻言慢语地说："妈妈，我有个事求你。"

苏霞惊讶地看着董振森，因为董振森从来没有说过这样的话，他也和他爸爸一样，轻易不说"求"字。她坐好，看着董振森的眼睛说："你说吧。只要是正当的，妈妈办得到的，一定帮你。"

"这事只有妈妈办得到，而且肯定办得到，但妈妈不一定会帮我。"

"事情还没有说，怎么知道我不肯帮你。你先说出来看看。"

"我说出来后，你一定要帮我。"

苏霞不说话了，董振森只好把事情说出来："妈妈，你和爸爸说，我不想在宏伟读，我要回到洞庭中学。"

刚才妈妈脸上还阳光灿烂，一下就阴沉下来了。她问："这个学校老师不好？"

"老师挺好的。"

"他们对你好不好？"

"对我也挺好的。我常受表扬。"

"你和同学们相处得不好吗？"

"没有，我从来不和同学吵架。这你知道。"

"那是为什么？你是不是还想到洞庭中学的合唱团去？要是这样，你想都别想。你爸爸最不喜欢搞文艺的。他不会让你去唱歌的。"苏霞把话撂给董振森。

"不是的。"

"你要回到洞庭中学总得有个理由。"

董振森犹豫了半天，还是没有说戴晏雄他们无缘无故打自己一顿的事。因为，他估计妈妈也不会相信会有那种看谁不顺眼就把谁打一顿的人，她会说：这个人又没有疯。那么她就会认为是自己没有处理好和同学的关系。再说，自己在外面挨了打，挺没面子的，他说不出口。

"你是不是和同学吵架了？如果是那样的话，那就更不行。俗话说人和到处好，地和生百草。你在这个学校和同学相处不好，你到了另一个地方，就能和同学相处得好？这还是你本身有问题。不要动不动就闹脾气，动不动就转学。"苏霞按自己的理解，给董振森"上课"。

董振森真不想听妈妈的大道理，虽说他心里很烦，但他低着头一声不吭，没有和妈妈对抗。

"你现在是初中三年级学生了，十四岁了，再不是孩子了，不能任性。你要知道，人生在世不如意的事十之八九，哪能件件如你的意。"苏霞侃侃而谈。

苏霞的话没有对症下药，没有说到要害上，没有解决问题，像一阵微风从水面上掠过，没有掀起波澜。

董振森想到公司去亲口跟爸爸说。但想到妈妈都不同意，爸爸肯定更不会同意，说也是白说。

百般无奈，董振森只好又回到宏伟中学。妈妈把董振森送到校门口就走了。董振森没有马上去宿舍或者是教室，坐在操场旁边的大树下，看着同学们三五成群，陆续走进教室。他没有去吃晚饭，坐到晚自习铃响才到教室里去。

开班会的时候，王老师在班上说："上个星期三和星期四，我们班的卫生都是差评，连个'良'都没有评上。董振森，你说说这是怎么回事？"

那两天，董振森心里有事，就没有去管打扫卫生的同学。结果，只要有一个人没有到，其他的同学就不动手。这两天没人打扫教室，学生会干部检查时不给差，难道还会给个优？

董振森站在那里，不想申辩，他觉得自己无能，恨不得地上有个洞钻进去。

这时，龚震江坐在座位上大声说："班干部都是我们选出来的，只有这个生活委员是老师指定的。他不行就换了他，我们再选。大家说是不是这个道理？"

马上有人附和他，说："是这个道理。"

值日生不扫地，肯定是龚震江搞的鬼，这些附和他意见的人肯定也是他安排的，串通好了的。

董振森马上接话："我还真不想当生活委员，班上的懒

虫，打扫卫生也要人管，我才不爱管，谁愿意当，谁去当。我宣布辞职。"他想在全班同学面前捞回一点面子。

龚震江说："辞什么职，你本来就没有职，你不是我们选出来的。"

董振森又败下阵来，他心里说不出的憋屈、烦躁，又不好发脾气。

下课了，王老师问董振森："你真不想干了？"

"不是我不想干，是干不好，有那么几个人老是找我的麻烦，连累了班级荣誉。你还是另外选有能力的人吧。"没等老师回答，他转身就走了。这可不是董振森一贯的作风，他是有礼貌、谦和的孩子。

他一边走一边安慰自己：我现在总算丢掉了这个包袱，用不着操心班级卫生了，以后班级卫生再怎么差也与我无关了。他不当生活委员，没有麻烦，心里好像轻松了一点，却又无端地增添了一丝惆怅，这惆怅从何而来，他也说不上。可能是龚震江当着全班同学的面指出他这个生活委员不是同学选出来的，伤了他的自尊心。

他的爸爸从来没有在什么事情面前退缩过，现在他在困难面前退缩，临阵逃脱，他瞧不起自己，责备自己。

上完当天最后一节课，董振森又来到操场上的那个角落里，坐在环形看台的最高处。他不知道自己干吗要来这里。

吃饭铃响了，董振森没有动，他不想吃饭。望着同学们有的从食堂里跑出来，有的跑进去，像蚂蚁一样忙忙碌碌，他还是没有一点食欲，却突然觉得无聊，什么都没有意义。

这时他看到李佑儒端着饭盒向这边走来。

李佑儒告诉董振森，戴晏雄答应和董振森见一面，但是双方都只准带三个人。地点就是这个操场，时间是今天下了晚自习以后。

只准带三个人。那就是说他有很多人，只带三个来。董振森上哪儿找三个人？他可不想让这事有更多的人知道，这又不是什么光彩的事、值得炫耀的事。他没有朋友，也叫不动别人。

董振森问李佑儒："你能跟我去吗？"

李佑儒想也没想，说："我当然去，我当然要帮你。不过，你以后要说我是你表哥，不然戴晏雄会认为我管闲事，找我的麻烦。"

行，表哥就表哥，这没有什么了不起。问题是上哪儿再找两个人？黄晶算上一个吧。不跟他说什么事，他也一

定会来。还差一个,要是在洞庭中学,何灿辉可以算一个。不过,要是在洞庭中学,就不会发生这样的事了。算了,就是这两个人算了,少一个就少一个,又不和他们打架,人多人少没关系。

上晚自习时,董振森悄悄跟黄晶说:"下了自习别回宿舍,跟我去操场有一点事。"

黄晶点头答应了。

下了自习,董振森带着黄晶来到操场上。可操场上没有一个人。黄晶问董振森:"到这儿来干什么?"

董振森说:"见一个同学。"

黄晶说:"还挺神秘的,好像地下组织接头似的。"说完他大笑起来。

董振森马上制止他,说怕被老师发现。

黄晶这才觉得事情严重,有点害怕,说:"你们不是要去偷什么东西吧?那我可不去。"说完想离开。

董振森一把抓住他,解释说:"你想到哪儿去了。我是那样的人吗?"

黄晶半信半疑,留了下来,看样子随时准备走。

这时学校的熄灯铃响了,教室的灯都熄了,只有路灯还亮着。操场沉浸在一片黑暗之中。

又等了几分钟，等眼睛习惯了黑暗，能看清周围时，他俩同时看见从操场的那头来了几个人。一个人走在前头，跑过来说："来了来了。"这个人是李佑儒。

戴晏雄他们一共四个人，戴晏雄站在前头，其他三个跟在他的身后。

黄晶和李佑儒一左一右站在董振森的旁边。

双方都不说话。

李佑儒急了，说："董振森，你要问什么你问吧。"

董振森不知从何说起，半天没有开口。

戴晏雄说话了："你有话就讲，有屁就放。不要耽误老子睡觉。"

听了这话，董振森有点后悔了，不应该来的。和这种人有什么道理可讲？但既然来了，就不能白来，于是他说："戴晏雄，我有什么事得罪你了吗？"

"没有。"戴晏雄眼睛看着别处，看都不看他。

"那你为什么无缘无故打我？"

"我看你不顺眼。"还是这句话。戴晏雄昂着头，双手交叉放在胸前，一副俯视着董振森的样子。

"我哪儿做得不对，无缘无故的，你为什么看我不顺眼？"董振森追问。

"不知道，我就是看你不顺眼。"

"是不是龚震江要你来打我？"董振森终于说出自己的猜测，他想弄明白到底是怎么回事。

"不是的。就算是，你也管不着。只要是我看着不顺眼的人，我就揍他。我现在就看你不顺眼。"

另一个人说："你打了我们的兄弟。"

"笑话，我从来不打架。"

"我们打的就是不打架的人。打的就是那些到老师面前讨好的人。"

"你们还讲不讲道理？"

"我们这儿没有道理，只看谁的拳头硬。"

董振森气极了，血往脑门上冲，他情不自禁攥紧拳头冲上前去，但还没有出手，戴晏雄一手抓住他的拳头，把他往身边一拉，一手抱住他的腰，把他摔在地上。于是混战开始了。戴晏雄他们有四个人，而董振森这边只有两个人，黄晶不知什么时候溜了。加之来的这几个人是打架惯手，董振森和李佑儒只有挨打的分，没有还手的力。

直到巡查的老师听到操场上有动静，打着手电走过来，他们才停下来。戴晏雄说了声"撤"，四个人一溜烟跑了。

老师听到脚步声，追戴晏雄他们去了。

董振森和李佑儒躺在地上动弹不得,也不敢动,怕老师发现。董振森感觉浑身上下都痛,脸被打肿,牙齿被打落一个。李佑儒先起来,把董振森拉起来,说:"我们打不过他们,我们人太少了。你看你找的什么人,临阵脱逃。他不走,到底多一个人,也不至于他们两个人打我们一个人。"

看见李佑儒也跟着自己挨了打,董振森觉得对不起他,容忍他唠唠叨叨。

当董振森回到宿舍时,黄晶背朝外边睡了。他肯定知道董振森回来了,但他没有动,装睡。龚震江突然坐了起来,装作不知情地说:"你上哪儿去了,老师刚才来查房,我们说你有事一会儿就回来。"接着又大惊小怪地说:"哎呀,你这是怎么搞的,好学生怎么打架了。"说完笑嘻嘻地躺下去了,一副幸灾乐祸的样子。

董振森轻手轻脚地在卫生间洗了一个凉水澡,查看了一下全身的伤,身体到处红一块紫一块的,活动一下手臂和腿脚,好像没大事。他松了一口气,悄悄回床上躺下了。

他哪里睡得着。

从小到大,他从未受过这样的气。在家里,他听话,爸爸妈妈喜欢他,疼他,有时不小心受了一点皮肉伤,妈妈又是创可贴，又是红药水，忙得团团转。在学校里，他是好学生，遵守纪律，学习成绩好，老师偏爱他，同学尊重他，他一帆风顺地读到初中三年级，从没有和谁起过冲突。

可是现在却事事不如意。他一直学习认真，工作负责，可就不知道碍着谁了，当干部没有好下场，在宿舍跟那两个室友关系不好，还无缘无故挨了两次打。董振森认为自己没有错。那该怎么办？他还是想回洞庭中学去。那里没有龚震江和戴晏雄这样的学生，自己在那儿可以好好学习。有了主意，董振森心里稍安了一点，慢慢地睡着了。

第二天早上，董振森在床上磨磨蹭蹭，直到同宿舍的三个人都走了他才起来。到洗手间对着镜子一看，坏了，脸上红一块紫一块，有一边肿得像个馒头。这个样子怎么去上课，老师追问起来怎么办？他想请假，可是黄晶已经走了。想给老师打个电话，又没有手机。他早就想要个手机，家里又不是买不起，妈妈同意了，可是爸爸说："一个学生要手机干什么？有了手机容易分心，学习就不专心了。不准给他买。"妈妈听爸爸的，真的不肯买。好啦，现在说什么都没用。

班主任王老师上课时没看见董振森，就问龚震江。龚震江阴阳怪气地说："人是在宿舍里，好像也没生病，为什么不来上课只能问他自己。"

王老师到宿舍来找董振森。董振森用毯子把自己包裹起来，告诉王老师，今天不舒服，要请假。

王老师怕他病得厉害，耽误了治疗时期，就扯开他的毯子打算摸摸他额头，发现他脸上红一块紫一块，就问他怎么了。

董振森不想把事情闹大，只好说假话，说昨天晚上从台阶上往下跳，摔了一跤。

王老师说："你们呀，就是精力过剩，好好的路不走，干吗从台阶上跳下来？"

"不是可以少走几步路吗。"

王老师对董振森的印象非常好，相信董振森说的。他给董振森开了一张条子，让他到医务室去看看，上点药。王老师也担心董振森脸上的伤不好，家长会怪学校监护不严，有麻烦，但他哪里会想到董振森脸上的伤是打架造成的。

这几天董振森没有去上课，在宿舍养伤。到底是年轻人，吃几片药，抹点药，几天下来，脸上白白净净，没事了。身上的伤也结疤了。但董振森落下了一大截功课。

我坚决要求转学

李佑儒这几天总是来宿舍找董振森,只要宿舍没人,他就向他报告有关戴晏雄的消息。什么他又和谁打了一架啦,谁又投靠了戴晏雄啦,教务主任那天找他谈话啦。

两个人谈来谈去,谈的都是戴晏雄。后来谈到怎么样才能打败戴晏雄,收拾戴晏雄。李佑儒说:"要打败他,我们就得比他们强。强在什么地方,主要是人多。我们要多联系一些人,他们有十个人,我们就要有二十个人。不怕打不赢他们。"

董振森没有表态,不过心里也同意他的这种理论,认为也是这么回事。但他没有动心,他不想去组织人打架。他还是想转学,离开这个是非之地。

很快就期中考试了。由于董振森养伤耽误了几天时间,所以这次考得不好。他非常担心,因为这不是小考,爸爸妈妈要查成绩的。

期中考试过后,学校又放假了。

董振森忧心忡忡地回到家里。

苏霞最关心的是孩子的学习成绩,上车就问他考得怎么样。

董振森说卷子还没发下来,还不知道。

苏霞说:"你自己感觉如何?"

"没有感觉,这不比小学,自己估计不到。"董振森说。

可是妈妈也当过学生,说:"没有这样的事,一考完,自己就会知道考得怎么样。是不是你这次考试不理想?"

"可能吧。"董振森说,心里想:我是不是可以以这个为原因要求转学,就说,"不知为什么,我在宏伟就是不适应,好像学习没有在洞庭中学那样轻松。我住不惯几个人的集体宿舍,吃不惯食堂,我只想吃你做的菜。"他为要转学铺垫。

孩子在这个学校学习不好,这可是大事。苏霞想了想说:"这事要跟你爸爸讲,我做不了主。"

"那你去和爸爸讲,而且你要站在我这边。"

晚上董兴国回来了,董振森已经睡了。苏霞把董振森坚持转学的事和他说了。

董兴国想也没想就说:"别信他的。他知道什么。去年宏伟的升学率是90%多,而洞庭的升学率只有76%,宏伟去年考上重点中学的有几十个,而洞庭才十几个。董振森是在洞庭中学好玩,宏伟抓得紧不好玩。不能依他。"

第二天,妈妈把爸爸的话转告董振森,董振森情绪低落,不肯吃饭。

董振森就跟妈妈说:"如果你不给我转学,我就不读书了。我自己出去找工作。"

苏霞以为他说气话，开玩笑说："你这么小，哪个敢用你，用了你就是雇童工，犯法的！"

董振森说："不给我转学，出了问题你们别后悔。"

苏霞以为自己了解儿子，觉得他不会出什么问题，就没理他。

心理医生说：

一个办得好的学校，会注重对学生德智体全方位地进行培养。他们不但注重教学质量、升学率，而且会把如何对学生进行品德教育放在重要的位置上。

家长把孩子送到学校寄宿，也就把24小时的监护权交给了学校。学校不但要管理学生在学习时间内的事务，也要密切关注学生课外时间的安全和思想状况。学校不但要安排老师给学生上文化课，而且要安排做思想品德方面工作的老师来辅导学生。

董振森在宏伟中学无故挨打，暴露了宏伟中学管理工作的疏忽。我们不难看出，好多事情都发生在课余时间，而不是在课堂上。

第一次董振森无缘无故被打。如果这时校方及时发现，出面处罚戴晏雄，安抚董振森，就不会给董振森的心理造成伤害，他会正确对待这件事，知道社会和学校支持正义，邪恶没有温床。

王老师发现董振森鼻青脸肿，不肯去上课，董振森说是从台阶上跳下来摔的。王老师作为班主任，这个学生在学校受了伤，他就有责任带学生去医务室，弄清楚伤势重不重。如果王老师带董振森去了医务室，医生就会告诉他，这不是摔伤，是打伤。王老师进一步追查下去，问题就会暴露，就会得到及时处理。

教师应该努力提高自身修养，认真研究青少年的成长规律。心理学知识有所欠缺的教师，应该自觉补上这一课。

董振森第二次被打，值日的老师已经听到动静，但他们没有一追到底，半途放弃了，让犯了错误的学生逃避了惩罚。

不过，董振森的内向性格，不坦诚地和老师、家长沟通，也使这件本来简单的事复杂化了。

董兴国就有不爱说话、不爱与人交流的习惯。董振森错误地认为，不爱说话是优点，说话少能增添个人魅力，所以生活中沉默寡言。他每天要接触老师、接触很多同学，但他从不主动和别人沟通，对任何人都紧紧关闭自己的心扉。

心理学家认为，孤独心理是一种消极的情绪态度，一个人长期被孤独心理笼罩，就会导致心理失衡，会影响生活和学习。

要学会主动与人交往，要学会敞开心扉，广交朋友。你向别人敞开心扉，别人也会向你敞开心扉，你就会获得更多的友谊与爱。

7 离家出走

　　三天时间一眨眼就过去了。这天晚上，董振森想到明天一早妈妈就会送他去宏伟中学，翻来覆去睡不着。他知道明天的第一节课，数学老师做的第一件事就是公布期中考试成绩。他预测这次考试是他读书以来考得最差的一次，可能上不了80分。他似乎听到全班同学发出轻微的惊叹，看到龚震江讥讽的眼光。他不知道明天如何去面对同学和老师，想到这些，他身上就发热，心里就烦躁。他恨不得自己马上在世界上消失，或者有隐身术，别人看不见自己。

　　他又想到了转学。爸爸妈妈不同意怎么办？他突然想到离家出走，让爸爸妈妈知道他不愿去宏伟中学读书的决心。爸爸妈妈找不到自己会很着急，这时自己提出转学，说不帮他转学，他就不回家，爸爸妈妈拿他没办法就会答应。

这是董振森第一次违背爸爸妈妈的意志,第一次和爸爸妈妈对着干。

他爬了起来,把书包里的书全倒在床上,收拾了两件衣服放进书包,拿上自己的钱包,走到门口,还回头看了一眼,又回来拿上数学书放进书包。

趁着夜色,董振森偷偷摸摸从家里出来。外面街道上没有行人。只偶尔有车辆从他身边驶过。

这时,他才想起自己还没有想好到哪里去。他沿着街道漫无目的地向前走,也不知走了多久,看到了影视城。这时刚好午夜十二点钟的电影开场。他也走累了,买了一张票就进去了,连电影名字是什么都没搞清楚。开映之后,银幕上的男男女女吵吵闹闹,搂搂抱抱,他估计大概是谈恋爱的片子,他不感兴趣,刚好瞌睡上来了,就迷迷糊糊睡着了。

他做了一个噩梦,梦见自己杀了戴晏雄。醒来之后,头痛欲裂,喉干舌苦。他揉了揉眼睛,抱紧胳膊又继续睡。

"起来,起来。这孩子怎么在这儿睡觉,我们要打扫卫生了。"影视城打扫卫生的阿姨上班了,发现在这里睡了一晚的董振森，催他离开。

从影视城出来，董振森经过小卖部，他想了想，用公用电话给妈妈打了一个电话，想和妈妈说自己离家出走是因为不愿意去宏伟中学。电话通了，他又不敢面对妈妈，不等妈妈回话，就挂了电话，仍然没有目的地逛。

董振森不知不觉来到了洞庭中学的校门外。他躲进一家小卖店，买了一盒酸奶，一个面包，坐在里面的小凳子上，边吃边向外张望。

不知过了多长时间，他看见他家的小汽车停在了校门外，妈妈从车上下来，急急忙忙进了学校。没多久，她又匆匆忙忙出来，开车走了。他知道妈妈是在找他，不知为什么，他心里有一点点高兴。可惜他没有看到妈妈的面部表情，猜想她是不是担心。他没有看到爸爸，他知道爸爸肯定来了，爸爸开车，才没有下来，他指使妈妈下车去洞庭中学找他。他不想看见洞庭中学的老师，是他硬把孩子从洞庭中学转出去的。

小卖店的老板起了疑心，问他："学校上课好久了，你怎么不去上学？"董振森估计不能再待在这里了。他也害怕被爸爸妈妈撞见，马上离开了这里。

这一天，董振森就在外面游荡，饿了买个面包啃，渴了买瓶矿泉水喝。他第一次觉得时间难捱，没地方消磨时间。他经过火车站时，拐了进去。候车室里虽然人来人往，熙熙攘攘，可是没人注意他，都在为自己的事情忙。而且这儿有好多小卖部，买吃的方便。

他一进车站就被警察盯上了。因为这个年龄段的孩子现在都在学校读书，不会在外面跑。加上他昨天没洗澡，浑身上下脏兮兮的，警察把他请到办公室，和颜悦色询问他。

"你是干什么的？"

"我是学生。"

"哪个学校的？"

董振森不说话。

"你如果不说实话，我就把你送到派出所去。"

"我是宏伟中学的。"董振森不得不说，在他心目中，到派出所去是很严重的问题。

"你叫什么名字？"警察继续问他。

"我叫董振森。"董振森沉默了一会儿照实回答。

他没想到，警察马上拨通了宏伟中学的电话，说他们收容了他们学校的一个学生，叫董振森。

电话里传来老师急切的声音："请你们把他留住，我们学校和家长正在到处找他。

董振森没等听完,马上夺门而逃,大厅里人太多,他从警察的眼皮底下跑了。"

这天晚上,董振森又是在影视城里度过的。

他不敢去车站候车室了,不知不觉又来到了洞庭中学。这时校园里传来音乐,正是第二节课下课,同学们都集中到操场上做广播体操了。

这个时候他才明白,自己到这儿来是想找何灿辉。因为何灿辉爸爸不在家,他一个人住。

他在小卖店买了一瓶矿泉水,顺便把书包寄存在小卖店。他一个人空手去学校。传达室的伯伯因为他没有穿校服,又衣衫不整,不肯放他进去。

董振森说:"您怎么不认识我了,我是这儿的学生。家里发生了急事。我要进去找老师请假。"

这个伯伯确实对他有印象,说:"你的歌唱得好,是不是?"

董振森连忙说:"您的记忆力真好,我是上台唱过歌,唱的《青藏高原》。"

进来之后,他直奔操场,他知道何灿辉这时一定在打篮球。

离家出走

他的判断没有错,他在这儿找到了何灿辉。

何灿辉一见他就大呼小叫:"你怎么在这儿,你妈妈昨天还到学校里找你。问我知不知道你到哪儿去了。"

董振森把两个指头放在嘴唇上,要他不要说话,把他拉到人少的地方,说:"一句话两句话说不清楚,你把你们家的钥匙给我,我住到你家去。"

临走时,董振森再三交代何灿辉,不要告诉任何人。

到了何灿辉家,关上门,董振森紧张的神经才松弛下来,松了一口气,他自己也搞不清楚,大白天一个人在街上逛,到底怕什么,时刻紧张兮兮的。放松下来,他才记起自己已经两天没有洗脸,没有刷牙了。他用何灿辉的毛巾洗了脸,又漱了口。

中午,何灿辉回来了。他先向老师请了假,自己在学校食堂吃了饭之后,在路边小吃摊上给董振森买了一碗面。

董振森第一次感觉到何灿辉比自己考虑问题周到,要是自己就不会想到要给别人买吃的。其实这是个思维习惯问题,有的人只管自己,不会照顾别人,被别人照顾惯了。有的人从小就有横向思维,想自己的同时,还会顾及别人。

董振森感到这是他这一辈子吃到的最好吃的面,比饭店、比妈妈做的好吃多了。他这两天没有正经吃饭,肚子早唱空城计了，什么东西到嘴里都是山珍海味。他不懂"肚中饥"这个典故。他狼吞虎咽的样子让何灿辉惊讶，何灿辉善意地取笑他："你几辈子没吃过东西了。"

吃完面，董振森简要地把自己在宏伟中学的遭遇告诉了何灿辉。最后，他说："我要转学，要回到洞庭中学读书，可是爸爸妈妈不答应。不是我矫情，不是我不听父母的安排，我确实在宏伟待不下去了。我只好离家出走，吓唬吓唬爸爸妈妈，让他们知道，不帮我转学，我就不读书了。"

何灿辉完全站在董振森这一边，他说："吓唬吓唬他们也好，谁叫他们不听听你的意见。我的爸爸和你的爸爸妈妈不同，他总是对我说：你自己的事要自己考虑，我不管你。"他也出了口气，因为董振森的妈妈以为他是坏学生，不让他进门。

这时，何灿辉想起时间不早了，他还要赶回学校去上课，就走了。

下午，董振森无所事事，又掏出数学课本来看。

放了学，何灿辉回来了。他帮董振森买了几个烧饼。

董振森对烧饼的味道赞不绝口，觉得特别好吃。

董振森让何灿辉去给他买毛巾和牙刷，说他要洗漱。

晚上何灿辉做作业，董振森就看数学书上的例题，看不懂就问何灿辉。

何灿辉为董振森着想,说:"你和你爸爸妈妈的抗争什么时候有结果?你不能耽误上学。我告诉你,其他课耽误了,你自学还能赶赶,这数学可耽误不得,只要耽误几天,你再去上课就听不懂了,不信你试试。"

董振森说:"我也不知道该怎么办,走一步看一步吧。反正现在不能回去,回去就意味着斗争失败,又要被他们送到宏伟学校去。"

十点多钟,他们就睡下了,两个人睡一张床,一人睡一头。何灿辉脑袋沾枕头就睡着了,董振森虽然累,想睡,但睡不着,他择铺,在别人的床上睡不着。不知过了多久,他听见有人在用钥匙开门。他害怕极了,用脚去踢何灿辉。何灿辉翻个身又睡着了。

不一会儿,这个人打开门进来了,他没有开灯,蹑手蹑脚进了另一个房间,放下旅行箱,到床边来了,低下头去看何灿辉。自言自语说:"怎么两个人?"

董振森不管三七二十一,伸手打开开关,房间里瞬间充满了光明。董振森看见一个男人站在床跟前,吓了一跳,马上爬了起来站在床上。

何灿辉也醒了,揉着眼睛喊:"爸爸。"

董振森明白了，这个人是何灿辉的爸爸——何记者，他出去采访回来了。

何灿辉清醒之后很高兴，对他爸爸说："你回来得正好，我们正为这事伤脑筋，你来给我们出出主意。"

何记者问他什么事。

何灿辉让董振森把自己的遭遇告诉他爸爸。

开始，董振森还有顾虑，不想让别人知道自己家里的事，因为这不是好事，不光彩。

何灿辉生气了，说："你要不是我的好朋友，我才不管你的破事。我爸爸比你爸爸懂教育，讲道理，他懂我们的心，不信，你试着和他谈谈，让他帮你想想办法。你这样不回家、不上学不是办法。"

董振森这才简要地把自己这段时间和爸爸的矛盾讲给何记者听。

何灿辉怕爸爸误会了董振森，认为董振森是问题学生，忙补充说："爸爸，董振森不是那种动不动就离家出走的坏孩子，这次离家出走是没有办法的办法。他原来是我们班的班长，是学校的德育示范生。他的相片贴在学校大门口的宣传窗里。他可比我强多了。有一次，你不是还夸奖我学习进步了吗？那段时间，他天天帮我补课，让我的学习

离家出走

有了起色。"

"哦,是这样的。"何记者重新打量董振森,对他说,"你把你家的电话号码给我,我给你爸爸妈妈打个电话,告诉他们,你在我家,让他们放心。"

何记者给董振森的爸爸打电话,接电话的正是他爸爸。

那天早上,苏霞起来之后就做早饭,早饭好了,她去叫董振森吃早饭,看到床上一堆书,书包不见了。她准备问董振森是怎么回事,却到处找不到董振森。

董兴国听到动静也起来帮忙找,他们不敢相信董振森离家出走了。

他们马上打电话到学校去,宏伟中学的王老师说董振森还没有到学校来。他们又去了洞庭中学,问了何灿辉,也没有找到董振森。

九点钟,董兴国确定儿子真的离家出走了,他拿起手机就要报警。

这时苏霞提醒他,失踪24小时后才能报案。

董兴国说,未成年人失踪随时可以报案。

苏霞说:"我们还是先找一找,别惊动警方。"

董兴国这时心急如焚,丢下工作,到处寻找董振森。开车找了两天,心力交瘁,又急又累。他们刚刚到家,饭也没吃,澡也没洗,准备睡觉。可是哪里睡得着?两个人坐在床上,相对无言。

何记者这个电话打得真好,董兴国听何记者说董振森在他们家,顿时瘫软下来,差点晕倒,嘴里千恩万谢,请何记者一定要留下董振森,说他马上就来接孩子。

何记者说:"你们先别着急,孩子没事,不过他情绪冲动,心结没有打开,你们硬把他接回去,只要你们不注意,他还会跑。当务之急是要解除他心中的疑虑,让他安全回学校上学,功课不能耽误。这样,今天晚上让他睡在我们家,我保证他的人身安全。明天吃了早饭,我送他回去。你们在家等他,我们好好谈谈。"

"我们?是你和我吗?还是你和我儿子?"董兴国问。

"先是我和你们夫妇交流一下育儿心得,统一思想,然后,我和你们夫妇一起去做你儿子的思想工作,让他敞开心扉,提出要求,商量他以后的去向。"

董兴国有些不快,要不是对方帮他找到了儿子,他可能会对他不客气。你既不是我们家的亲戚,又不是我们夫妇的朋友,你凭什么要介入我们的家事?你是何方神圣,大言不惭地安排我们和你谈话,安排你和我儿子谈话?他按住自己的情绪,客气地问何记者:"请问你是哪个单位的？你怎么对我家的事这样关心？"

"哦，说了半天，我忘记介绍自己了，也太不专业了。我是你儿子的同学何灿辉的爸爸。我在报社工作，是一名教育记者。最近，我正好在学校采访，组织素材，准备写一篇关于教育的报道。我今天回来，发现你儿子在我家。他和我说了他目前心中的困惑和苦恼，我怕他误入歧途，所以想和你们一道帮帮他。"

董兴国一听对方是记者，态度马上恭敬起来，说："没想到我们家的小事，还惊动了大记者。谢谢你！那明天我们在家恭候大驾。"

第二天早上，何记者问何灿辉早饭怎么办。

何灿辉说："外面的东西不卫生，又费钱，我的预算超支了，在家吃算了。我来做。"他一副当家作主的姿态。

何记者说："那好。辛苦你了。我和董振森开个预备会，做好和他爸爸妈妈谈话的准备。"

让董振森没想到的是，何灿辉卷起袖子，真的像模像样地干起来了。他出门买来了鸡蛋、葱、香菜，打开煤气灶，一会儿厨房里就飘出了煎蛋香。

何记者把董振森带到卧室，面对面坐下来，对他说："首先，我要批评你，离家出走是不对的。你只想到了你自己，你走了，离开了矛盾，没替父母想想，他们找不到你，心里多着急。"

董振森没有说话，心里嘀咕：我就是要他们着急，谁让他们不同意我转回洞庭中学。他甚至想象得出妈妈着急的样子，但他想象不出爸爸着急的样子。爸爸在他的心目中永远是严肃自信的神态。

何记者又说："和爸爸妈妈有矛盾，要和他们好好沟通，商量着办。"

董振森这回说话了："和他们没法沟通，他们居高临下，说我这也不懂，那也不懂，有什么事从不和我商量。"

何记者说："你自己和他们沟通不了，可以借助其他人的力量。你可以向老师求助，可以向爸爸的朋友求助。如果这条路也走不通，你可以想别的办法，找其他出路，不能一味蛮干。蛮干解决不了问题。"

董振森不说话了，表示自己是没有想到向别人求助，自己太笨了。

何记者说："今天和你爸爸妈妈谈心，你有什么想法，可以和盘托出，不要有顾虑。爸爸妈妈是爱你的，他们的做法，主观上是为了你好。只要你说得对，他们会按你说的去办。"

这时，何灿辉在外面喊："开饭啦！一人一碗，计划供应。"

何灿辉做的面条色香味俱全，白色的面条上，卧着一个金黄色的煎蛋，上面撒着一些翠绿的葱米和香菜，五颜六色，看着就让人胃口大开。

何记者开玩笑说："儿子，将来你万一考不上大学，找不到工作，就开家面馆，肯定能养活自己。"

何灿辉说："那你得天天来我的面馆吃早餐，给我捧场。"

"那是当然的，儿子开面馆，做父亲的不来捧场说不过去。"

在欢乐轻快的气氛中，他们把自己碗里的面条吃得干干净净，一点都不剩。

何灿辉说："老规矩，爸爸，归你洗碗。"

何记者说："好嘞，得令。"完全没有一点做父亲的架子。

董振森看得目瞪口呆，何灿辉在何记者面前，不像自己在爸爸面前那样拘谨。他羡慕他们父子间没有距离的交流、打趣。多和谐、温馨。

心理医生说：

　　董振森不想到宏伟中学读书，想转学回到洞庭中学。他没办法和固执己见的爸爸沟通，无奈之下，选择离家出走。他不是真的想离开家，只是想用离家出走来吓唬爸爸妈妈，让他们答应自己转学的要求。

　　离家出走的学生，没有社会生活经验，无法应对复杂的现实。好在董振森想到了何灿辉，住到了何灿辉家，没有在社会上继续流浪，没有造成不可挽回的伤害。

8 让他自己做主

吃完早饭，何记者让何灿辉去上学。

何灿辉执意不肯，说自己是董振森的朋友，现在他遇到了麻烦只顾自己去上学，说不过去，长大了回忆起来都会感到内疚，对不起朋友，还说学习不在乎这一天半天时间。

何记者考虑了一下，头一偏，说："上车吧。"他想：让儿子旁听，也可以让他受到教育，他打电话给吕老师，帮儿子请了假。

这让董振森匪夷所思，作为儿子的何灿辉居然可以用这种态度和爸爸说话，居然可以提出不去上学的要求。要知道，在自己家里学习比什么都重要，爸爸妈妈无论如何不会同意自己耽误一天课程。

到了董振森家,他爸爸妈妈果然已经准备好了,严阵以待,只等他们到来。

他们一行三人一进门,董兴国就迎了上来,紧紧握住何记者的手,热情地说:"谢谢你!谢谢你!"

何记者说:"小事一桩,不用客气。"

董兴国把何记者请到沙发上坐下,才松开握着的手。这两个男人到了一起,明眼人从他们的穿戴上就知道他们不是一类人,给人的感觉也不一样。

董兴国穿一身深灰色的西装,白色衬衣的袖口恰到好处地露出来一点点,领子扣得整整齐齐,系着浅蓝的领带。整个形象干净、神气,一看就知道他事业有成,有社会地位,让人有一种不敢随便说话的压抑感。

何记者穿一件格子T恤,一条牛仔裤,背一个比较大的挎包,沉甸甸的,所以一边的肩膀耸起。他给人一种知性、随和、亲切的感觉,整个形象散发着亲和力。

董振森一进门就被妈妈苏霞拉走了,没人管的何灿辉只好跟在他的后面。

妈妈把董振森拉到卧室,床上已经摆放好干净的衣服,她说:"先洗个澡,看你脏得像只猴。"

董振森没有动,他认为客人还在,自己去洗澡不礼貌。

他们是为自己的事和来爸爸妈妈沟通的,洗澡可以放在后面。但在苏霞的催促下,他无可奈何地进了卫生间。

何灿辉在旁边本来要声援董振森,但想到这是在别人家,就没有说话。

董振森洗澡的这段时间,何记者和董兴国的谈话已经开始了。

何记者先介绍自己的工作,说:"在报社我是负责报道教育新闻的,所以我经常去学校,和老师、学生打交道的时间多,耳濡目染,也懂得一点教育的皮毛。"

董兴国马上奉承他说:"你是专家,我们应该多向你学习、请教。"

何记者谦虚地回答:"学习谈不上,有问题我们可以在一起磋商,比如如何尊重孩子的意见。"就这样,董振森要求转学的问题提到了桌面上。

何记者不让董兴国说话,他要把一些教育理念传递给对方,让他采纳。不愧是记者,和人打交道就是有办法。

他侃侃而谈,说现在社会上有一句时髦话:不要代替孩子成长。就是孩子的事要让他自己去做,去拿主意,老师、家长不要包办代替。孩子从小就要让他自己穿衣、自己整理房间,爸爸妈妈不在家,甚至可以让他自己做饭、洗衣。

这时,刚进来的苏霞插嘴说:"那怎么行,他们干不好的,弄不好会伤着他们。"

何记者说:"你有没有想过,你替他做这些事情时,有两个不好的影响。一是,会让孩子产生依赖思想,什么事都靠家长。不是我危言耸听,现在社会上那些啃老的年轻人,十有八九,小时候被爸爸妈妈惯坏了,他们一直依靠家长,到了应该自立的时候,他们'站'不起来,还埋怨父母,依赖父母,甚至盘剥父母。二是,你们替他把他应该做的事做了,你以为是爱他,在替他分忧,让他有更多的时间去学习。错了,这是在害他,这样做剥夺了他参加实践的权力,让他失去了实践的机会。你有没有考虑过,孩子们在实践中能学到好多知识,在解决问题的过程中,能发散思维,促进智力发育。你们要学会放手,让孩子到实践中去闯荡,去成长。不然,他们永远长不大,永远是你怀抱里的孩子。"

董兴国半天没有说话,过去的日子,他天天在商海里拼搏,没有时间陪伴家人,他的意识里,他挣钱就是为了让儿子过上幸福生活,让他要什么有什么。而且,他自以为目光远大,考虑到了孩子的将来。要让孩子考上大学,将来有个好工作。所以他才拼命抓孩子的学习,不惜交很贵的学费,让他去读私立学校。他没有考虑过家庭教育问题,没有考虑过如何和孩子相处,理所当然地认为,自己是孩子的爸爸,全心全意为孩子,孩子就应该一切听自己的,按父母的安排去做。

他坦诚地说:"讲老实话,我们总认为他小,什么都不懂。有什么事,我们总站在他的前面,替他挡风雨,替他做主,帮他安排。现在回想,我们是过于忽视了他的成长,忽视了他的感受。不过,你刚才讲的教育理念,我一时半会儿还不可能完全贯彻到行动上去,过去的思维会有惯性,我以后会注意的,会尊重他的意见的。"

何记者说:"那好,你现在来听听你儿子的要求。"

于是,董振森和何灿辉参加了他们的谈话。

刚洗完澡出来的董振森仗着有何记者的撑腰,大胆地说出了自己的要求:"爸爸,我要转学,我要回到洞庭中学读书。"

儿子的话刚一说完,董兴国的脸色就变了,因为儿子在直接挑战他的权威。很长时间以来,没有人敢跟他正面提要求,包括他企业的员工,包括他的妻子和儿子。他用低沉的声调说:"你讲讲你的道理。"

董振森终于有一个可申诉的机会了。他哭着把在宏伟中学的遭遇告诉父母。他说:"我在洞庭中学读书本来好好的,你们看见宏伟中学在英语比赛中夺冠,认为他们学校教育质量好,强行把我转到这个学校。害得我无缘无故挨打,期中考试成绩下降。这些都是你们造成的。"

说着,他卷起裤脚,让大家看他脚上的伤疤。

听说儿子在学校挨了打,苏霞心痛了,马上伏下来去摸他的伤疤,连声追问:"有没有伤到骨头,打没有打破伤风?校医怎么样说?"

董振森一把推开她,站到另一边去了。

董兴国也十分惊愕,简直不敢相信有这样的事发生,说:"你怎么不早说?"

董振森说:"你给我机会说了吗?那天我要转学,你如果问我为什么要转学,我会告诉你的。但是,当时你一口回绝了我的要求,态度生硬、严厉,我哪敢继续说下去。"

董兴国主动松口让儿子转学回洞庭中学。他说:"这怎么行,学生在学校读书没有人身安全保障,还收这么高的学费。"

何记者说:"校园暴力已经不是个新话题,很多学校存在,只是轻重的问题。我下一站就去宏伟中学,提请校方注意。因为这些事情都发生在课后，老师不在场，没人说就没人知道。宏伟以前没有发生过这样的事情，他们学校的这种现象可能刚露头，让董振森给撞上了。"

说到办理转学手续的问题，因为是学期中间，董兴国担心学校不会同意现在办，要等到下个学期。他请何记者帮忙出面，带他们去办理。

何记者说："这好办，市里这些中学的领导都认识我，再说，董振森这种情况确实不宜继续在宏伟读下去，双方学校都会通情达理，酌情处理的。"

董振森又回到了洞庭中学，回到了原来的二年级二班，现在的三年级二班。董振森像久别重返家园的游子，在同学们的欢迎声中，差点落下了眼泪。

吕老师特地在何灿辉的后面加了一张课桌，让董振森坐原来的座位。

安定下来之后，董振森感觉到爸爸妈妈对他的教育方法确实有一定改善。

现在是初三了，功课紧张，他希望妈妈像以前一样，什么都帮他安排好，让他省力。

可是，现在早上起来，妈妈让他自己收拾房间，收拾书包。开始两天，他手忙脚乱，到学校之后发现笔没拿，课本忘记带。要是原来，妈妈会开车给他送到学校来，现在妈妈不管。妈妈说："你自己的事自己安排好。"

有了第一天的教训，董振森把闹钟调早十分钟，宁可少睡一会儿，也要让时间充足，上车之前能从容检查书包。从此，他丢三落四的毛病改善了很多。

董兴国背后和苏霞说："是要把责任交给他，他才会想办法去解决问题。你看，过去闹钟响了他总赖床，你去喊他，他还不肯起来。现在，闹钟一响他就跳起来了。他知道没人喊他，没人管他，他不起来不行，会迟到。你不帮他整理书包，他现在早上清点书包的时候可仔细了，他知道，落下东西没有人给他送。好习惯不是大人唠叨调教出来的，是他自觉去形成的。这个何记者还真的懂点教育。"

经何记者指点，他们审视自己过去教育董振森的方法，认识到自己过去的教育方法有问题，为了儿子，他们勇于改正。用苏霞的话说：过去是费力不讨好，现在放手让董振森自己管理自己，她倒还轻松了。

话是这样说，哪有父母不管孩子的，只是他们明着不管，实质上暗地里密切关注着董振森的一举一动。

如果日子就这样过下去，董振森的家里就太平了。但好多事不遵从人们的意志，该来的终究要来。

不久，董振森和父亲又争起来了。事情的起因是董兴国不许董振森参加学校合唱团。

一个星期六，董兴国公司没事，他难得睡了一个懒觉，直到九点多钟才起来。睡足了，他心情好，吃完早餐，他对着儿子的卧室大声喊："儿子，过来过来，我们好久没在一起聊天了，快来告诉爸爸，你这段时间的学习怎么样。"

苏霞从厨房里出来，说："别喊了，早就走了。"

"去哪里了，去学校了？他自己报了什么补习班？"

"不是，好像是去学校合唱团排练节目去了。"

董振森的好心情一下就消失了，他怒发冲冠，从这个房间走到那个房间，口里不停地埋怨妻子："你怎么不早告诉我？现在什么时候了，初三了，正是要紧的时候，他还把时间浪费在唱唱跳跳上？！他不想考重点高中了，他不想读北大了……"

苏霞说："你在这里朝我发脾气有什么用，他又听不到。"

一句话提醒了董兴国，他要到学校去，要把儿子从学校抓回来。他马上洗脸换衣，准备出发。

到了洞庭中学，他把车停在外面，直奔学校体育馆。

进了体育馆，放眼就看见舞台上有几十个学生，有的在对着乐谱哼歌，有的在跟着钢琴试音，还有几个在追追打打，嘻嘻哈哈。

他们这是中间休息，老师让他们放松放松。

董兴国目光搜索到了董振森，他正和两个女同学说什么，逗得两个女同学哈哈大笑。

董兴国几步就蹿上舞台，站到了董振森的面前。

董振森吓了一跳，一看是爸爸，问道："爸爸，你怎么来了？"

董兴国嚷嚷："我怎么不能来？！只许你这样浪荡，就不许我来管管？！"

董兴国凶神恶煞的样子吓得几个女同学跑到旁边去了，只有几个男同学围过来看热闹。

"你不是答应何叔叔，我自己的事让我自己管吗？你怎么又管起我来了？"董振森不比从前了，他质问爸爸。

他的态度激怒了董兴国："我不管行吗？你让我省心吗？只有几个月就中考了，你不在家好好学习，跑到这儿来玩？你不知道，你浪费的是你的青春，是你的大好年华。这样下去，你能考上重点高中吗？"

"我不准备考重点高中，准备考音乐学院附中。"董振森回答。

这一下，彻底击溃了董兴国的精神防线，他暴跳如雷，全不顾自己的形象了,说话都哆嗦起来:"你,你,你得到了谁的允许,谁答应让你考音乐学院附中。谁,谁答应你的……"

"我自己的事,我自己管,不要谁答应。"董振森回答说。

"不要谁管?!我偏要管!我生了你,养你到这么大,我还不能管了,反了你了。回家,跟我回去。"董兴国耍权威了。

当着这么多同学的面,董振森脸面下不来,说什么也不肯回家。

儿子不听自己的,他彻底失控了,只见他上前一步,抠住董振森胸前的衣襟就拖。他是成年人,力气大,拖得董振森站不住,跟跟跄跄跟着他上了车。

其他同学吓得目瞪口呆,机灵一点的赶快去找老师,等老师赶来,董兴国已经开车走了。

回到家里,他们谁也不理谁,谁也不肯向对方示弱、主动和对方沟通。

父亲董兴国性格刚强,十几年来,正是因为他的这种意志,使企业一次一次渡过难关,化险为夷,才有今天的辉煌。他相信自己的眼光,相信自己的判断,他也相信自己对孩子的一片爱。他认为自己没有错,是儿子不听话,辜负了他。眼看快要中考了,他去参加什么合唱团,耽误宝贵的时间。难道一个男孩子,真的想把唱歌当成职业?我只有一个儿子,儿子考不上大学,我有什么脸面见人?

董振森认为爸爸不理解自己,又不讲道理,爸爸不知道董振森的逻辑思维能力不发达,虽然他能流利地背数学定律,但运用定律解题是弱项。他在数学上花的功夫最多,可是他越来越觉得数学难学,面对应用题他真的力不从心。每次考数学,总觉得考试时间不够,害怕题目做不完。

音乐老师说他有天生的好嗓子、乐感、节奏感、好形象这样四个优越条件。还说有这样天赋的人万里挑一,整个学校只有他具备。他为什么不可以扬长避短,发挥自己的特长去考音乐学院附中,远离让自己害怕的数理化呢?

但是,董振森性格内向、软弱,不善于和人沟通,特别不善于和自以为是、不容别人提反对意见的爸爸沟通,他总是不主动想办法说服爸爸,被动地等待事情的转机。

苏霞拿他们父子束手无策,无奈中想起了何记者。她打电话给何记者,说请他们父子吃饭。

何记者是何等人,一分析就知道董兴国父子又闹矛盾了,不然,请自己吃饭应该由董兴国出面。恰好今天他在家,就爽朗地答应了。

饭桌上,两个做爸爸的坐在一起聊天,董兴国说现在企业很艰难,中间商和电商竞争,把价格压得很低。现在的人工成本高,工人工资高。这样一来,企业利润很少。

何记者告诉他,网络销售是大趋势,不要受中间商的控制,要让产品直接和消费者见面,把中间商赚的利润让利一部分给消费者,自己的利润还可以上升。

董兴国说这是个办法,可以试试。

两个孩子坐在一起,董振森不像爸爸那样沉得住气,悄悄把今天发生的事情告诉了何灿辉。

何灿辉很气愤,家长怎么能这样对待孩子。一时冲动,他才不管有没有礼貌,打断两个大人的谈话,大声嚷嚷:"董伯伯,你怎么又压制董振森啦,还当着合唱团所有同学的面,把他揪回来。你太霸道了。"

何记者马上斥责何灿辉:"这孩子,怎么和叔叔说话呢,怎么这样没有礼貌!"

何灿辉才不怕他爸爸,说:"我只尊敬讲道理的人,他蛮横不讲理,不值得人尊敬。"说完饭也不吃了,放下碗筷,离开了饭桌。

董振森马上把他带到自己的房间里去了。

董兴国十分尴尬，也吃不下去了，放下了手里的酒杯。

何记者连连道歉："对不起，对不起，我这孩子平时惯坏了，对我也是这样没礼貌。"

董兴国见何记者也不吃了，就说："我们坐到这边来，我解释给你听。现在的孩子真不省心，他们不听话，自作主张，在事关前途的大事上和大人对着干。气死人。"

坐在客厅的沙发上，董兴国一肚子的牢骚终于找到了可以倾诉的对象，他说："还有几个月就要中考了，你知道中考对一个人的前途多么重要。他倒好，星期六不在家好好复习功课，跑到学校去玩，参加什么合唱团。我去的时候，他们也没有排练，在一起打打闹闹，追追跑跑，你说我气不气。我还是忍着气，上去叫他跟我回来。他不肯回来，我就只好动蛮，把他抓回来了。"回忆起当时的情景，他火又上来了，气得直喘粗气。

何记者一听，觉得问题不简单。这次又是因为合唱团，看来上次的事情解决得不彻底。按说董振森不是贪玩、不爱学习、不明白事理、该学习的时候跑出去胡闹的孩子，是不是董兴国误会了他。何记者觉得有必要大家坐下来谈谈，把矛盾摆到桌面上来，谁是谁非面对面评论。

他对董兴国说："你不要生气，我认为董振森这样做总有他的道理，我们不妨听听他怎么说。"

苏霞把两个孩子从房子里叫了出来，让他们也坐下来。

何记者首先说话，他问董振森："昨天你到学校去干什么？"

何灿辉抢着回答："他们合唱团排练，他去参加排练。"

何记者没有责备他，只是说："何灿辉，这事与你无关，你让董振森自己回答。"

董振森说："他没说错，我是到学校去参加排练。"

何记者又问："你今年几年级了？"

"初中三年级了，明年考高中，这我知道。"董振森说。

"那你是不是有紧迫感，觉得时间不够？"何记者又问。

"我们的作业很多，除了平常的作业，几乎天天有模拟试卷要做。我晚上做到十点多钟还做不完。"董振森抱怨。

"那些不重要的活动是不是可以不参加，集中精力搞学习，等考上高中再参加你喜欢的活动。"何记者终于说到重点了。

这话正是董兴国要说的话，这下董兴国抬起头，眼睛看着儿子，看他怎么回答，心里想，到底是记者，提问都有策略。

董振森不说话，考虑了半天，才下定决心说："何叔叔，你不知道，其实我参加合唱团不光是玩，它与我参加中考有关。我也十几岁了，也为自己的将来考虑过。我爸爸希望我读大学，甚至读研读博，将来当个科学家。可是他不知道，我的形象思维还行，记忆力也还可以，像英语、语文、历史这些课程不吃力，但数学不行，因为我的逻辑思维能力不强，我下功夫读熟了课本上的所有法则定律，但综合解题时老是卡壳。原来还只数学感到吃力，现在物理也感到不行，因为物理计算需要数学基础。

"为这个我苦恼，我不服输，我用更多的时间去学习。但是，我明白，我就是这样拼命地学习，能考上高中、大学就了不起了，这离我爸爸的要求差远了。

"音乐老师说我有音乐天赋，也许这是妈妈遗传给我的。老师建议我考音乐学院附中，并且每个星期六上午合唱团排练前后的时间他都会辅导我。

"我也很喜欢音乐，我想利用我的特长，当个音乐家。所以，我星期六上午去学校。

"我多次想和爸爸妈妈谈谈我的中考打算，我知道这违背了爸爸妈妈的意愿，打乱了他们的计划，他们不会答应。我没有别的办法，只能偷偷去学校……"说着说着他哭了起来。

董兴国可不管儿子伤心不伤心，又生气了，说："你听，你听，他要考音乐学院附中。他没有想想，他将来做什么？一个大男人，靠唱歌挣钱过日子！"

何记者这才了解事情的症结所在，他示意苏霞把董振森带走，自己来做董兴国的思想工作。

何记者首先批评董兴国："你真是个出土文物，天天做生意，不看电视，不去娱乐场所。职业没有高低贵贱之分，行业与行业之间平等。你那种轻视文艺工作的观点是错误的。"

董兴国不服气："这些大道理你对我讲讲还行，敢情你儿子不去学唱歌。"

何记者说："你又想错了，我儿子没有音乐天赋，但他爱画画，爱美术。我暂且不管他有没有美术天赋，他喜欢就让他去学。我和吕老师说好了，何灿辉现在每周三下午不去上课，去一个老画家家里学画画。"

董兴国惊讶得合不上嘴，他真的不理解，中考这样紧张，孩子竟然请假去学画画。

"你不要小看了孩子。他们已经十二三岁了。随着孩子的成长，他们有了独立的人格意识，他们学会了审视你给他安排的道路适不适合他。我倒觉得董振森选择去考音乐学院附中有他的道理，他是经过了深思熟虑的，他比你更了解他自己。每个人都有各自的特点，让孩子去做不适合他的事是枉费心机，竹篮打水一场空。父母要了解孩子的优势在哪里，不足之处在哪里，扬长避短，让他的特长得到发挥。"

董兴国说："讲老实话，我有点不甘心。我小时候，成绩好，但家里穷，只能早早进入社会，帮助家里养家糊口。我是能考上硕士甚至博士的，但当时条件不允许我去读。我希望我的孩子能读研读博，实现我没有实现的梦想。唉，谁知道他这样不争气。"他非常失望，非常沮丧。

何记者继续开导他："你不能把自己的人生遗憾交给孩子，你没有实现的愿望，不能逼着孩子去帮你实现，说实话，他没有这个义务，孩子有他自己的人生。作为家长，不能让下一代为你的梦想负责。"

董兴国的情绪稍有好转，调整了一下坐姿，认真听何记者说话。

何记者说："孩子正处在叛逆期，人格正在形成。这个时候，他认为正确的事会主动去做，他没有兴趣的事，就不会去做，你就是推着他，强迫他，诱导他，他也不会做。

如果你用暴力去压制他，会适得其反，他会反抗，会抵制，于事无补。"

董兴国终于接受了何记者的理念，说："现在怎么办？"

何记者说："已经发生了冲突，不要焦虑。你们父子好好在一起聊聊，你要耐心听他的意见，帮他制订计划，让他相信你是为他负责，不再对你有抵触情绪。"

董兴国说："也只能这样了，总不能和他对立起来，让他又离家出走，造成不可收拾的局面。他去考音乐学院附中，总比离家出走好。谢谢你今天的调解，你不来，这矛盾没法解决。"董兴国总算是拐弯了。

他又说："你怎么懂得那样多道理，我也读了大学，怎么遇到棘手的事就理不清头绪。"

何记者说："职业不同，你是搞经济的，天天和数字打交道，逻辑思维比我强。我天天和人打交道，分析研究事态，和人讲道理，道理可能比你讲得透。尤其我现在搞教育报道，研究的就是孩子的成长，孩子的心态。工作的需要，我现在晚上还看教育学、心理学的理论书籍，多少有些提高。"

"那太好了，欢迎你以后经常来我家，帮助我教育孩子。今天中午的酒没喝尽兴，晚上接着喝。"

何记者知道，董兴国再不会阻挠儿子考音乐学院附中了。

> **心理医生说：**
>
> 在孩子成长的路上，有太多的东西需要选择。
>
> 孩子小的时候，什么都不懂，穿什么衣服适合气候，穿什么样的鞋子便于旅游，都要家长替他们选择，这些事顺理成章，无可厚非。但是，家长也要慢慢引导孩子自己去选择，帮助他们自己去判断，并认可他们自己选择。
>
> 上学了，孩子选择什么兴趣班，升学了，孩子选择什么学校，选择什么专业，家长就只能当参谋，不能包办代替了。这些关系到孩子前途的大事，要尊重孩子自己的意志，要照顾他本人的爱好，要考虑他的潜在能力。
>
> 家长要相信孩子的思考能力和判断能力，要适时放手。如果家长的选择违背了孩子的意愿，就会发生矛盾，从而引发家庭矛盾，影响家庭的团结安定。

学会沟通

本来董兴国很有自信，他相信自己有才华，比一般人有远见。和何记者交朋友之后，他常和人说：当记者的人，见识广，知识丰富，特别有正义感，记者的身上充满正能量，他们写出的文章有深度。一句话，他对何记者佩服得五体投地，对何记者说的话深信不疑。他经常主动邀请何记者到家里聊天，他越来越信任何记者。

何记者经常出差，一走就是几天。这样，何灿辉经常和董振森在一起，尤其是星期六、星期天，学校食堂休息不营业，他就到董家来蹭饭。

董振森他们一家人都喜欢何灿辉，他是个开心果，能给大家带来欢乐。

每次吃完饭，何灿辉总是争着洗碗。他的口头禅是：

"请给我一个锻炼的机会。"

偶尔，董兴国没有应酬，也会在家吃饭。那饭桌上的气氛就不同。四个人埋头扒饭，眼睛只看桌上的菜，谁也不说话。

何灿辉不习惯这种氛围，也不喜欢这种氛围。到后来，他来之前，会问董振森："你爸爸在家吗？"

如果董振森说他爸爸在家，他就不来，他说："宁可自己辛苦一点，也不愿受那种折磨。"

有一次，他问董振森："你们怎么不和你爸爸说话？你说错了话，他会批评你吗？"

董振森说："没有呀，我平常都是这样的。小时候，我就发现我爸爸很少说话，说出来的话，一句就是一句。我崇拜他，就向他学习，尽量少说话，不说废话。"

"学校里发生的事，你也告诉你爸爸吗？"何灿辉好奇心重。

"他很忙，没时间听我啰唆。"董振森回忆说。

"那学校里布置的事如果与他有关，你怎么办？"何灿辉精灵古怪。

"那就告诉妈妈，妈妈天天在家。晚上爸爸回来，她再告诉爸爸。她再把爸爸的意见告诉我。"董振森说。

学会沟通

突然，何灿辉歪着脑袋问："你和你的爸爸有感情吗？你爱你的爸爸吗？"

董振森低下了头，可能他在考虑怎样回答。

何灿辉自言自语说："我和我的妈妈不在一起生活，我们光靠电话联系，我对她没有太多感情，有时，我甚至不想接她的电话，因为我和她没话说。你和你爸爸也像我们吗？"

"我们不像你们，我们天天生活在一些，只是没有交流。他还是关心我的，爱我的。"董振森解释说。

一个星期天，何记者出差在外，打电话回来。他见何灿辉没去董振森家吃饭，问他："怎么啦？朋友之间闹别扭啦？"

"才不是呢，董振森脾气好，我们闹不起来。是他爸爸在家，我不喜欢他爸爸，一天到晚拉长着脸，没有笑容，也不说话，他在家，他们家像无人世界，没有一点声音。我只是可怜董振森，肯定憋坏了。"

何记者这才知道他们父子之间缺少交流，回想上两次他们父子间的矛盾，不就是因为缺少沟通，两个人不知道对方的想法造成的吗？不行，他们相互不交流说明他们各自有心理问题，这对董振森的成长有负面影响。是朋友就要直言不讳地给他指出来，帮助他改正。

回来之后，有一天晚上，何记者约董兴国喝茶，说："总是我打扰你，今天我做东，请你喝茶。"

听说何记者回来了，董兴国很高兴，爽朗地答应了。

在一个靠近董家的茶馆里，何记者订了一间幽静的茶室，两个人相见，很是惬意，天南海北地聊开了。

后来，何记者好似随意地说："我和你到了一起总是有说不完的话，怎么别人说你不爱说话？"

董兴国说："别人这样说我吗？没错，我性格内向，话少。在公司里，不开会，不和别人商谈业务，我一天难说三句话。别人都畏惧我，说明我有威信。你怎么看？"

何记者说："我对你的印象很好，你聪明，有高于常人的自律，你不抽烟，不酗酒，能控制自己的情绪，遇事能独立作出决定，困难时也能积极作出自我鼓励，去克服困难。"

董兴国有点得意。

接着，何记者话锋一转："不过，过分自信也有它不好的一面，尤其是你的成功蒙蔽了你的双眼，在生活中表现为任何时候你总认为自己是对的，自己说的话对，自己做的事对，自己做出的决定也对。你听不见别人的意见，不容别人提出不同意见。"

"你是这样看我吗？"董兴国重视起来。

"不是我这样看你，你就是这样的人。"何记者为了帮助他纠正他的病态的心理，下了猛药。

"自信有什么坏处吗？"董兴国虚心请教。

"其他的我不说，你的过度自信压抑了董振森的个性发展，影响他的心理健康。"

何记者指出："从小董振森就把你作为自己的偶像，对你的话言听计从。而你因为工作忙，关系到董振森的事从不和他商量，不听他的意见，总是居高临下发号施令，还动不动就斥责他，让他越来越没有自信，而且事事处处小心谨慎，遇事不敢做主，不敢放飞自己。"

何记者继续指出："由于你们父子俩缺少沟通，你对董振森缺少了解，连他有音乐天赋、不喜欢数理化这样的事情都不知道，更别说和他交朋友，说心里话了。董振森看见你像老鼠见了猫一样，小心翼翼。如果继续这样下去，董振森也会不爱说话，孤立自己，没有主见，压抑情绪，会走向你的反面，严重的话会得抑郁症。"

董兴国急了，说："我忙昏了头，脑子里装的都是公司里的事，现在想起来，假如儿子没有自信，不快乐，不幸福,我还有什么意思?我忙还不是为了他吗?你说应该怎么办?"

何记者笑了,说:"我刚才讲的后果只是假设,你如果改变自己的态度,你的儿子将来会是个人才。"

又是一个星期天,何灿辉按照爸爸的意见,请董振森到自己家吃饭,说是回报。大厨是何灿辉。

出乎董振森意料的是,当他向妈妈请假,说要去何灿辉家吃饭时,爸爸出来了,亲切地问他要不要送。要是从前,他才不管儿子这些小事。

董振森受宠若惊,连忙说不用。爸爸一直把他送出门。甚至还说:路上小心。这也是从来没有过的事。

这让董振森心情非常好,一路上哼着快乐的歌:"甜蜜的歌儿甜蜜的歌儿……"

要说,何灿辉从小独立面对家务事,还真的锻炼了他。现在家里来一两个客人,买菜做饭还真难不住他。

早上,他给爸爸和自己煮了两个鸡蛋,热了两杯牛奶,烤了几片面包。自己先吃了,爸爸还没起来。他知道爸爸出差辛苦,没叫醒他,自己拎个环保袋去了菜市场。

他知道董振森不爱吃肉,爱吃鱼,就买了条鳊鱼,这种鱼容易烧。买了一斤基围虾,这个也容易做,放水里煮熟，用醋加姜加辣椒做成酱，蘸着吃就行。再买一条丝瓜，一个茄子，就够了。三个人四个菜，不多不少。

他回来时已经九点多钟了，爸爸也已经起来了，正在吃早饭，说："我们的采购回来啦。辛苦啦！"

"不辛苦，为人民服务。"何灿辉贫嘴，"不是为人民服务，是为你们服务。"

"不对，你这不是服务，是还账。你在人家家里吃过多少顿，这才请他吃一顿。"爸爸也和儿子开玩笑。

正说着，董振森来了。

何记者对儿子说："何大厨，辛苦你了，我们两个人商量一下军国大事，不陪你了。"

何灿辉知道爸爸要找董振森谈话，说："去吧去吧！等一会儿尝尝我的手艺。"

董振森最喜欢听他们父子开玩笑，他非常欣赏他们父子间的这种气氛，他虽然羡慕，但知道自己和爸爸做不到。

何记者把董振森带到餐桌边坐下，态度温和，但是认真地说："今天没事，我们聊聊天。"

谁知董振森说："何叔叔，有什么事您就直说吧。"

这孩子真聪明，一下就猜到何记者有话和他说，不过也打乱了何记者的思路，他突然不知如何开口了。

何记者只好改变原来设计好了的开场白，像对待大人一样直接说："董振森，你的眼里你爸爸是个什么样的人？"

"我爸爸在我眼里是个成功人士。他能吃苦，有魄力，有远见，凭着自己的能力办起了这个企业，他是我们家的顶梁柱，是我的偶像。"董振森又补充说，"我崇拜他。"

"你爸爸对你好吗？"何记者问。

"他对我好，天下父母没有对儿女不好的。"董振森回答时有一点迟疑，而且笼统。

"上次你爸爸不准你转学，你恨他吗？"

"不恨，我知道他是为我好。我只是着急，恨自己没有能力，不能说服爸爸。"

"你和你爸爸谈过自己不喜欢数理化，喜欢音乐这件事吗？"何记者一步步靠近主题。

董振森想了想，说："没有和他说过。"

何记者就从这里打开缺口，做董振森的思想工作。

何记者帮董振森分析，如果他早点告诉爸爸妈妈，自己有音乐天赋，不喜欢数理化，也许他爸爸根本就不会把他转到宏伟中学去读书，也不会发生离家出走的事，更不会发生他爸爸从舞台上把他抓回来的事。这一切全源于爸爸不知道董振森的实际情况，不知道他的想法。

最后，他加重语气说："你是否有责任？"

这话像打过来的拳头，打得董振森低下头，不说话了。

何记者说："何叔叔知道你学习认真，对人有礼貌，是个好学生。你的性格内向，性格内向的人有他的优势，凡事考虑得细致、全面，这就是别人说的三思而行。性格内向的学生特别耐得住寂寞，做事稳重。但你不善于与人交流，不能不说这是你的一个缺点。这个缺点将影响你的社交能力，使你本来能办到的事，遭受失败。你看，你都不和爸爸沟通，他都不了解你，别人如何能了解你，如何能帮你？"

董振森说："何叔叔，我知道我错了，但不知道要怎么办。"

何记者说："知道错在哪里，就好改正。我相信你，明天的你就会以新面貌出现在我们面前。"

何记者对厨房里的儿子说："何大厨，我来帮忙了。"

董振森是客人，用不着去帮忙，他坐在那里深思。

是的，他从来没有想过，不爱说话，不和人交流会有什么坏处，这天，何叔叔让他去反思不和爸爸沟通造成的后果。

他现在设想：如果当时在宏伟中学，发现龚震江他们在宿舍抽烟，不遵守纪律后，自己告诉爸爸的话，爸爸就会和老师说，要不调整宿舍，要不教育龚震江。后来龚震江要自己帮他舞弊，这样无视校规的事，自己都沉默不语，不但给自己带来麻烦，也迁就了龚震江他们，没有让他们及时得到教育。

董振森是中学生了，在何叔叔点拨后，他能马上想明白。只是，说马上就能改正却做不到，习惯不是一天两天养成的，慢慢来吧。

回到家里，爸爸又不在家，只有妈妈在家。

他和妈妈详细地说了今天在何叔叔家的收获。他说："妈妈，何灿辉的动手能力比我强多了，他不但能炒菜，而且手艺很好。以后，你也让我试试，我来学着做饭。"

晚上爸爸才回来，董振森想了想，就到门口去迎接爸爸，说："爸爸回来啦！"

董兴国也一反常态，亲切地说："回来了，你今天在何家玩得愉快吗？"

董振森接过爸爸的公文包，帮他送进书房，又返回来和爸爸说了一会儿话才去睡觉。虽然他觉得自己做这一切不是那样自然，心里还有一点别扭，不过他很高兴，他希望这种状态能成为常态，他和爸爸的交流从刻意变成习惯。

一个星期六，董兴国办完事就去了学校，站在学校礼堂后面偷偷看董振森排练。远远地看见舞台上合唱团的学生排成队在唱歌，一排的人头中他辨认不出哪个是董振森，只好走了。

后来，他专门约吕老师和音乐老师见过一面，老师们说的和董振森说的基本一样，这点他倒是从来没有怀疑过儿子。只是，他又从老师那里知道，考音乐学院附中，要考专业，而且专业分数可以计入总分，这样，董振森的文化课成绩相对可以低一点，他的压力就没有这样大。

这让董振森很高兴，做父母的巴不得孩子学习轻松，生活愉快，有幸福感。

董振森最大的变化是他晚上看完新闻联播后，会找一些音乐节目看。这让苏霞很高兴，她也爱看文艺节目。

心理医生说：

家长想要建立良好的家庭人际关系，就要了解孩子，懂得孩子的性格、爱好和心理状态。要做到这一点，就一定要多和孩子交流沟通。亲子之间如果没有沟通，那么父母就无法对孩子进行有效的教育，就会形成无的放矢的局面。

父母是孩子的示范者，父母的一举一动，孩子有意无意间都会效仿。在效仿的过程中，他们也许还没有水平辨别优劣，只是全盘接收。

董兴国的性格是他们父子之间难以沟通的一个大障碍。董兴国不爱说话，非常自信。而这种自信带有偏执性、顽固性。犯了错误还不肯去请教别人，死不回头，就是我们俗话说的一根筋。

但在崇拜爸爸的董振森心目中，爸爸的性格是他的魅力，被美化、升格。于是，董振森自己也像爸爸一样有事闷在心里，不向任何人吐露，有困难不求助任何人。

董兴国没有想到儿子已经长大，他已经有自己的见解，有自己的主张，有自己的意志。做父亲的要尊重他的意志，关系到董振森的事要先听取他本人的意见。董兴国动不动就对董振森说"小孩子，你懂什么"，压制他。董兴国给了董振森很好的物质条件，但他并不是个合格的父亲。

董振森的性格也是父子、母子、师生之间沟通的障碍。董振森认为，男子汉就应该像他爸爸那样，有事不说话，自己处理。那样才酷，才是英雄。于是他遇到麻烦不告诉老师，不告诉妈妈，自己一个人闷在心里，一个人去面对。

一对这样的父子要沟通谈何容易。

尾声

洞庭中学本届初中毕业晚会就要开始了,一辆黑色奥迪匆匆驶来,停靠在学校大门口,董兴国满脸倦容地从车上下来,直奔学校礼堂。

在门口等他的苏霞着急地说:"你怎么才来,再不来,看不到儿子的节目了。"

他抱歉地笑了笑,不用解释,他这样风尘仆仆赶回来,肯定是被要紧的事拖住了。

他们走进礼堂,何记者在向他们招手,给他们在前排占了座位。

看了两个节目后,报幕员又一次出来了,说:"下一个节目,男高音独唱《我们走在大路上》,表演者:三年级二班董振森。"

尾声

幕布拉开了,背景是一望无际的金色田野,麦浪滚滚。身穿红色演出服的董振森从容地站到了舞台中央。他一下就看到了爸爸,禁不住笑了。这时歌曲的前奏响起来了,董振森的精力完全投入到歌曲的意境中去了,他放飞了自我,心情随着歌曲在飘扬,在荡漾。

他的嗓音是那样干净、清澈,像深山里流淌的泉水,他唱出的旋律是那样奔放欢快,像草原上奔腾的骏马。歌声在大厅的上空盘旋,让人热血沸腾,给人美的享受。

这是董兴国第一次听儿子站在舞台上唱歌,他激动得热泪盈眶。

歌曲结束了,全场响起雷鸣般的掌声。董振森昂扬着头,双手伸向前方,做出一个拥抱的姿势,他要拥抱他远大的理想,拥抱他幸福的未来。

大家为他祝福吧!